KB269267

지리산 아리랑

김숙자

_______________ 님께

건강과 행운을 기원합니다.

_______________ 드림

지리산 아리랑

초판인쇄 2026년 01월 09일
초판발행 2026년 01월 15일

저   자 김숙자
발 행 인 윤석현
발 행 처 박문사
주   소 서울시 도봉구 우이천로 353
전   화 (02) 992-3253(대)
전   송 (02) 991-1285
전자우편 bakmunsa@hanmail.net
등록번호 제2009-11호
책임편집 최인노

ISBN 979-11-7390-027-3 03810   **정가** 24,000**원**

지리산 아리랑

김숙자

박문사

'지리산 아리랑'을 펴내면서

우리 한민족은 거대한 위험에 직면할 때마다 희망을 버리지 않고 투지를 발휘해 생존해 왔고 더 큰 위협들을 슬기롭게 물리쳐 왔습니다. 이러한 과정들 속에서 우리 각자에게 필요한 것은 다가오는 두려움에도 절대 굴복하지 말고 그 위협들을 모두 슬기롭게 마주해야 할 기회로 바라봐 주길 주문합니다. 이번에 새롭게 발간된 김숙자의 '지리산 아리랑'은 지리산 출신 작가로서 직접 '지리산 둘레길'을 3년여에 걸쳐 딛고 밟으며 혼신을 다해 길어 올린 우리 역사 문화와 삶을 동반한 인문학과 맥을 같이 한 귀한 삶의 발자취입니다. 정말 고향의 작가로서 예리하게 다시 바라본 지리산은 곳곳마다 아름다운 애환의 터전이었습니다. 그리움에서 시작한 '지리산 둘렛길 걷기'에서 한국의 고대로부터 현대에 이르기까지 다양한 역사의 사건들과 민중운동의 무대까지 진중하게 마주할 수 있었습니다. 참으로 내 고향 지리산은 자연환경과 문화유산들이 함께 어우러진 명산 중의 명산이 확실합니다. 그리고 지리산은 삼국시대부터 국경 접경지로 고려, 조선 시대의 전란과 그리고 민란, 임진왜란, 정유재란, 동학농민운동, 여순 사건, 한국 전쟁 등 너무도 굵직굵직한 전쟁의 터전이었으며 피난지였습니다. 그래서 지리산은 험준한 지형과 비옥한 토양, 풍부한 수자원 덕분에 피난처, 은거지, 촌락 분포가 넓어 민중운동의 근거자료로도 활용되어왔습니다. '지리산 아리랑'은 다양한 생태계와 문화유산이 조화를 이루어 우리에게 과거와 현재를 잇는 역사적 체험을 풍부하게 제공해 줍니다. 실로 지리산은 역사와 자연 그리고 민중의 삶이 교차하는 한국 대표의 산이며, 백두대간에서 가장 높은 산으로 그 역사적 의미와 문화유산도 매우 깊고 다양합니다. 지리산은 산 자체로서도 하나의 거대한 문화유산입니다. 뿌리 깊은 역사와 자연 그리고 사람들의 삶이 소중한 가치를 전해주는 여러분의 보물창고가 분명합니다. 지리산은 빼어난 경관을 넘어 한국 역사 문화의 상징적인 장소로 자리잡고 있으며 지리산권의 유명한 사찰들도 단순한 건축물 이상의 의미를 지니며 한국 불교의 역사와 철학이 고스란히 녹아있습니다. 그래서 지리산은 한국 전통문화 행사와 지역 주민의 삶을 연결하여 자연과 문화 사람들의 삶이 함께 어우러져 독자들에게 소중한 역사의 장소로도 각인 될 것입니다. 여러분들도 필히 이 '지리산 둘레길'을 한 번쯤은 느긋하게 걸어보며 신비한 지리산의 자연미와 광활한 숲, 곳곳에 쏟아지는 아름다운 폭포의 경이로움에 흠뻑 빠져보기 바랍니다. '지리산 아리랑'은 아름다운 지리산 둘레길을 걸으며 우리의 영혼까지 편안하게 해 주는 드라마틱한 지리산의 장엄한 정경들을 마주하며 빛나는 우리 역사와 전통문화에 심취하게 해줄 것입니다. 그리고, 지리산 지역 곳곳마다 얼룩져 있는 가슴 아프고 슬픈 전쟁의 상흔에도 가슴이 많이 저릴 것입니다. 여러분들도 이 슬픔과 아픔을 그냥 외면하지 마시고, 따스한 시선으로 다가가 그 상흔을 어루만져주시기 바랍니다. 그리고 빼어난 지리산의 아름다움과 둘레길을 걸으며 지나게 될 작은 마을 하나하나에 숨겨진 문화유산을 재발견해 뜨거운 가슴이 요동치는 기회의 장이 되었으면 합니다. 실로 변하지 않는 진실들은 반드시 보석으로 반짝거릴 것입니다.

‖목 차‖

‖책을 내면서‖

‘지리산 아리랑’을 펴내면서 / 5

‖프롤로그‖

그리움과 추억의 길에서 인문학과 함께하는 ‘지리산 둘레길’ / 11

제1장

변하지 않은 그리움은 보석이 된다 / 15

제2장

길이 끝나는 곳에 길이 있다 / 25

제3장

소리의 본가 국악의 성지 남원 / 37

제4장

자연도 빛나고 사람도 빛나고 / 45

제5장

아직도 못다 부른 그리움의 노래 / 55

제6장

흔들리지 않고 나아가는 배는 없다 / 69

제7장

진심 나무는 심장을 관통한다 / 79
빨치산 야전부대를 지나며 2022.11.12(금계에서 동강)

제8장

삼밭에서 자란 쑥대는 더 곧게 자란다 / 87

제9장

용서는 사랑보다 더 어렵다 / 99

제10장

고독나무는 고요의 땅에서 자란다 / 113

제11장

올빼미는 눈물샘도 없다 / 125

제12장

멈춰야 할 때 멈추는 게 진정한 용기이다 / 133

제13장

양심이 없는 민족은 희망도 없다 / 155

제14장

모욕은 자신을 담금질하는 풀무이다 / 165

제15장

욕망의 끝은 파멸 뿐이다 / 173

제16장

내 안의 빛을 찾는 일 / 181

제17장

어제에 머물러 있어선 안 된다 / 187

제18장

가득함도 빛나고 비움도 빛나더라 / 195

제19장

그대 인연을 사랑하라 / 213

제20장

영성의 향기 피어오르는 피아골의 시간 / 221

제21장

사랑을 잘 먹으면 평생 행복이 부르다 / 233

제22장

인생이 어려울 때 제대로 간다 / 253

‖ 에필로그 ‖

그리움으로 시작한 민족의 명산, 지리산 순례 / 263

그리움과 추억의 길에서 인문학과
함께하는 '지리산 둘레길'

지금 난 무엇을 그리워하고 있는가? 강산이 일곱 번을 뒤바뀌고 난 세월 뒤에야 깨달아지는 건 무엇인가? 지금 내가 왜 이 길 위에 서 있는 가를 나에게 수없이 자문해 본다. 그러나 대답은 너무도 분명해졌다. 그 어떤 것보다 내 가슴을 뜨겁게 요동치게 하는 건 바로 무엇으로도 제어가 안 되는 진한 그리움이다. 그것 때문에 지금 난 모든 걸 뒤로 하고 내가 이 길 위에 서 있는 것이다. 이 길은 내가 세상에 태어난 탯자리이면서 우리 부모님과의 아름다운 추억들이 아로새겨진 추억의 보물창고이기도 하다. 어렸을 땐 세상 모든 산천이 다 지리산처럼 아름다운 줄 알았는데 철이 들고 세상을 바라볼 줄 아는 안목이 생긴 다음에는 더더욱 내 고향 지리산이 너무 좋다는 걸 뼈저리게 느낀다. 이런 순간이 왔을 때 우리 부모님의 체취를 조금이라도 맡을 수 있었으면 얼마나 좋았으랴. 그건 너무 큰 욕심일까? 나를 이 세상에 있게 한 내 부모님은 어느새 이곳을 다 떠나신 뒤에야 비로소 이런 시간이 그리움이라는 이름으로 내게 찾아왔다. 어린 시절 가장 가깝게 오고 갔던 '남원' 외갓집, 노암동, 우리 큰 언니가 시집간 눈물 많이 흘린 산골 동네 '운봉' 내가 태어나고 자란 정다운 고향 '곡성' 금지, 신기리, 나룻몰 마을, 그리고 이곳에서 가장 가까운 '구례' 그리고 화엄사, 산수유 꽃으로 뒤덮던 구례 '산동'마을은 우리 가족의 나드리 터, 순자강 따라 다슬기 잡고 재첩국 먹던 '하동' 감 많은 둥구 '마천' 곶감 이야기로 꽃피운 '함양' 산 좋고 물 맑은 '산청' 지역 등이 모두가 지리산을 둘러싸고 있는 추억에 어린 그리운 풍경들이다. 모처럼 이런 추억의 시간이 선물처럼 내게 다가와 아직 내 고향 지리산을 지키며 살고있는 남동생 내외와 바로 위 누이인 우리 내외가 루베회를 결성하여 지리산 둘레길 걷기에 나섰다. 정말 뜻깊고 추억에 어린 옛이야기를 주고받으며 지리산 둘레길을 걸으려 한다. 참으로 느긋하게 우리 나잇대에 맞는 보폭과 설레임으로 결코 서두르지 않고 부모님 품속을 파고들 듯 정다운 걷기를 할 것이다. 대전에서 살고있는 필자는 주말로만 시간을 내어 오기 때문에 실로 이 지리산 둘렛길 완주가 쉽지는 않을 것이다. 그러나 이런들 어떻고 저런들 어떠하랴. 우리가 가장 가보고 싶고 추억에 어려있는 추억의 옛길을 중심으로 사부작사부작 낙엽을 헤치며 노인 발걸음으로 내딛으리라. 순례길 정해진 코스도 우리에겐 필요 없고, 하루에 걷고자 하는 목표량도 우리에겐 필요치 않다. 다만 그날그날 우리 컨디션에 따라 적절한 거리를 우리 몸이 허락하는 만큼만 걷는 것이다. 이 얼마나 멋진 일인 가? 이 얼마나 가슴 뛰는 일인 가? 고향 앞에서 내가 자라던 놀이터를 찾아 부모님과 손잡고 오고갔던 추억의 옛길도 만나보고, 거기서 자연스레 어머니도 만나고, 할머니, 외할머니도 만나고, 섬진강에 투망 던져 물고기 잡기 좋아하시던 내 아버지와 친척들도 상기해내며 추억의 지리산 길을 사박사박 걸을 예정이다. 도란도란, 오순도순, 몸이 허락해주는 컨디션 만큼씩만 걸을 예정이다. 고즈넉한 숲길을 걸을 땐 손잡고 노래도 부르고, 배너미재, 고동재, 둥구재 등을 넘을 땐 엄마 등에 업혀도 보고, 그래도 힘들면 숲길에 앉아 막걸리 한 잔에 도토리묵도 먹으며 얼굴 고운 노을빛으로 비틀비틀 걸어도 보고 싶다. 숲길 따라, 동네 따라 냇물 따라 계곡 따라 세상에서 제일 행복한 소확행 부자로 둘레길을 넘고 싶다. 황금빛 들녘과 다랭이논을 지날 땐 가을 추수로 볏 가마 수북이 쌓여 졌던 풍요한 우리 마당을 상기하며 추억으로 그리움으로 이 길을 걸으리라. 자연도 빛나고 사람도 빛나는 지리산 둘레길에서 인문학으로 시를 배우며, 휴식과 추억으로 빛나는 시간을 걷고 싶다.

제1장

변하지 않은 그리움은 보석이 된다

15

멈춰야 할 때 멈추는 게
진정한 용기이다

우리나라에서 대표적인 산을 꼽으라 한다면 절대 빼놓을 수 없는 산이 바로 지리산이다. 요즈음 말로 지리는 자연경관을 품고 있을 뿐만 아니라 지리산 반달곰이 뿌리내린 곳이기도 하기에 많은 사람들에게 상징적인 의미도 역시 크다고 할 수 있겠다. 그러나 유년기는 줄곧 이곳에서 살아왔으나 결혼 후 삶의 터전이 충청도로 옮겨진 이래 내 고향 품속이면서도 늘 그리워했던 곳이 바로 지리산이었다. 그러던 지리산에 2007년도부터 5년 여의 시간이 흐른 뒤 지리산의 그 어마어마한 품을 누구나 산책을 하며 걸을 수 있는 '지리산 둘레길'이 생기게 되었다. '얼마나 가슴 뛰는 일이었는 가? 그런데 이제 내 나이 노을 녘에서야 느긋하게 그 품에 찾아 들 수 있게 되었다. 원래 지리산의 경계는 방대하여 전라북도, 전라남도, 경상남도의 3개 도와 남원, 곡성, 구례, 장수, 하동, 산청, 함양의 7개 시군과 21개의 읍면, 그리고 120 여 개의 마을들이 연이어져서 비로소 '지리산 둘레길'로 탄생 되었다. 그러니까 지리산은 그 길이만도 무려 295km에 달하기 때문에 그 길을 사실상 걸어서 모두를 다 체험하기에는 불가능 하지만, 그래도 인접해 있는 마을 길이 이어져 '지리산 둘레길'이 만들어졌다. 정말 반갑고 기쁜 일이었다. 고향이 그 근처였음에도 쉽게 정복해 보지 못했던 그 품을 이렇게 둘레길이 생기고 나서야 그 꿈을 실현하기에 이르렀다. 한꺼번에 그 길을 다 걸을 순 없어도 시간 나는 대로 한 구간 한 구간 이어서 걷다 보면 지리산 그 너른 품에 나를 맡길 수가 있을 것 같다. 시간이 얼마나 걸리느냐를 절대 따지지 않을 것이다. 구간 구간 이어진 그 길을 따라 걷다 보면 저절로 그리움과 사랑이 뒤따라와 추억을 되새김하며 천천히 그 품에 안기게 될테니까 말이다. 이제 늦으막에 찾은 고향 내 부모님이 잠들어계신 그리움의 품 속 지리산 둘레길을 주말마다 찾아가며 그 따스한 품에 안긴 이야기를 풀어갈 생각이다.

순례와 수행의 길

지리산은 시작점과 종점이 따로 없다. 어느 마을 길을 택해서 걸었느냐만 있을 뿐이다. 그러므로 지리산 둘레길엔 다른 시간이 흐를 뿐이다. 그리고 지리산 둘레길은 편의상 코스를 정해 놓았을 뿐이지 실은 아무런 코스도 없다. 그냥 자연 마을의 이름을 앞세운 둘레길이 있을 뿐이다. 가령 '주천 운봉길'이라든지 '운봉 인월 길'이라든지 자연 마을을 앞세운 이름들이 있을 뿐이지 시작점과 종점은 아무런 의미가 없다.

거꾸로 걸으면 어떻고, 헷갈려서 옆 마을 길을 걸어도 아무 상관이 없다. 바깥세상에서 도무지 통할 것 같지 않은 일들이 많이 생기기도 한다. 그래서 이런 길들도 마찬가지이다. 그리고 지리산 둘레길은 여러모로 불친절한 길임에 틀림 없다. 지리산 둘레길은 세계에서 가장 긴 지리산 자락의 숱한 명소들을 외면하기도 한다. 그 유명한 '구례 화엄사'도 사하촌 앞에서 방향을 틀어버리고, 유명한 사찰이 있는 '쌍계사' 쪽도 들어가지 않았다. 예를 들면 탁발 순례를 시작했던 주요한 '실상사' 쪽도 코스에 들어가지 않았다. 그리고 그 유명한 대하소설 '토지'

에 나오는 '최참판댁'도 '스카이워크'도 다 빠져있다. 그리고 지리산 둘레길이 지리산 국립공원 안으로도 들어가지 않았다. 개발을 하려면 필히 예산이 들어가므로 '지리산 국립공원'도 지리산 국립공원공단에서 관리하므로 그 속에 들어가지 못했다. 그래서 지리산 둘레길은 그냥 여행길이 아니라, 종교의 민관을 아우르며 걷는 그야말로 순례자의 마음으로 떠나야 하는 순례길이요 진정한 자아를 찾아가는 수행의 길이기도 하다.

그리고 초대 이사장을 지내기도 한 도법 스님이 밥을 빌어먹으며 다니던 탁발 순례 길이기도 하다.

순례를 떠나기 전 가슴 뛰는 나의 시 몇 편을 소개하고자 한다.

사랑 고백

김숙자

그대를 그렇게 좋아하면서
그대를 그렇게 사랑하면서
늘 변죽만 울렸을 뿐입니다

당신이라는 존재가 내겐 너무 커서
당신 품자락이 너무도 육중해서
내 치마폭에 온전히 품을 수가 없습니다

그러나 이제 마지막 용기가 샘솟습니다
타는 저녁노을 같은 뜨거운 발걸음으로
부분집합에 매혹적 교집합이 되고 싶습니다

내 가슴 속 열정이 더 식기 전에
내 심장의 피가 다 마르기 전에
숨겨둔 사랑 고백도 해 보고 싶습니다

이제야 땅문서 독차지하려는 게 아닙니다
그렇다고 완전한 동거는 더더욱 아닙니다
그대 그리울 때 가끔씩 찾아가 민박이면 족합니다

이 세상에서 누구보다 나를 잘 아는 당신
나의 탯자리 숨소리 발자국 소리 하나까지
모두 품어주고 굴곡진 내 여정에 추임새 넣어주며
삶의 둔턱 살포시 넘게 하는 그대가 있어 너무 좋습니다

그대를 만나기 100시간 전

김숙자

실로 얼마 만에 그대와의 해후인가
만남이 다가올수록 심장 박동수가 요동칩니다
내 맘에 새로운 혈류가 가파르게 돕니다
젊음의 에너지가 전신으로 솟구칩니다.
너무 오랜만의 재회라서
이렇게 꿈만 같고 설레는 일인지
지금까지 정말 몰랐습니다.
그대는 내 심장 가장 가까운 곳에서
줄곧 함께 뛰고 있었음을 이제야 입증합니다.

그대를 온전히 품기까지엔
꽤 오랜 시간이 걸릴 것입니다.
그래도 조급한 마음 갖지 않으렵니다.
젊음의 패기보다 사위어간 불빛이 더 뜨겁기 때문입니다
이제 당신을 만나러 가기 전
100시간 앞에 내가 서있습니다.

생각 보다 훨씬 나이 들어 보인다 해도
실망하거나 놀라지 않을 생각입니다
한 사람이 온다는 건 실로 어마어마한 일입니다

그의 과거와 현재 그리고 미래가 함께 따라오기 때문입니다
세월이 앉을수록 더 풍요해지고 중후해졌을 당신의 풍채
찾아드는 방문객 인생 모두가 뒤따라 왔을 테니까요.

제2장

길이 끝나는 곳에 길이 있다

어머니 품처럼
포근했던(인월-운봉) 구간

밤새 설렌 가슴을 부여안고 2022.9.24일 토요일 아침 '서대전'에서 '남원'까지 가는 첫 열차를 탔다. 남원 역에 도착하니 9시 50분 경이었다. 동행을 하는 동생 내외가 마중을 나와 시간의 허실 하나 없이 곧바로 인월로 향하였다. 서두에 좀 언급이 있었지만 지리산 둘레 길은 사실상 구간의 개념이 필요가 없다. 다만 어느 마을을 경유한 둘레길이 있을 뿐이다. 여러 안내서에는 그래도 구간을 나누어 놓고 그 구간대로 가는 것을 권유하고 있다. 그러나 지리산 품 자락에서 어린 시절을 보낸 나는 자연부락의 이름은 잘 몰라도 지역의 이름들은 많이 들어서 그리 낯설지 않았다. 첫 번째로 남원 시는 우리 어머니의 친정 지역으로 어릴 때부터 수도 없이 오갔던 곳이라 지명이 하나도 낯설지 않다. 그래서 우리는 지형의 내리막 오르막까지를 잘 알고 있어서 운봉 지역도 익히 알고 있었다. 우리 언니가 운봉으로 시집을 갔는데 어찌나 산지역이 높아 겨울이면 얼마나 눈이 많이 내리는지 시집가는 날, 아버지께서 딸을 운봉에 떼어 놓고 돌아오시면서 눈에 쌓인 산길을 걸으시며 하염없이 우셨다던 기억이 새로운 지역이다. 그래서 우리 일행은 운봉 지역 높은 산자락을 힘겹게 오르지 않고, 거꾸로 인월에서 운봉으로 내려오는 길을 택해 역순으로 둘레길 걷기를 시작했다. 그러니까 오르막길보다는 내리막길을 택했고, 1구간(주천-인월)을 하루에도 걸을 수는 있었지만 우리 일행은 무리를 하지 않는 힐링 걷기를 하기로 약조를 하고 출발을 하였다. 인월에서 운봉까지 총거리는 총 10.1km 정도라고 한다. 그래서 하루에 무리를 하지 않고 중간 지점인 운봉에서 하룻밤을 자고 가기로 하였다. 그리고나서 다음 날 남은 구역 '운봉'에서 또다시 '주천'구역을 나누어 걷기로 하였다. 참으로 잘 안배한 여행 계획이라고 생각한다. 두 가족 모두가 70대 연령대에 있었으므로 무리를 하지 않는 조건을 맨 앞에 붙였기 때문이다.

인월 안내센터에 차를 파킹 해 놓고 우리 두 가족 '루베회' 일행은 인근에 있는 빨간 '커피 하우스'로 출발 파이팅을 하러 들어갔다. 모두가 일치된 뜨거운 '아메리카노' 한잔으로 첫구간의 무사한 출발을 기원했다. 당연히 '루베회'의 둘레길 첫출발을 기원하는 기념사진 한 컷도 남기고, 우리 일행은 기쁜 마음으로 첫 출발의 발자국을 내딛었다. 마음이 너무 여유로워 마치 하늘이라도 날것처럼 몸이 가벼웠다. 9월 말인데도 유난히 파란 하늘은 우리의 마음을 들뜨게 하기에 충분했다. 덩달아 하늘에선 하이얀 뭉게구름이 마치 하늘로 비상하는 새떼들의 멋진 날개 모습을 연출해 주고 있다. 참으로 기분 좋음이 연이어졌다. 책자에 안내된 '주천'에서 '운봉' 길이 아니고, 우리는 역순으로 '인월'에서 '운봉' 지역의 길을 걸으려 한다. 우리 '루베회' 대장도 이 지리엔 익숙치않아 부부간에 행로를 앞두고 약간의 트러블도 생겼다.

길가에 서 계신 분들한테 무조건 운봉으로 향하는 길만 물었더니 앞길을 가르쳐 주었다. 우리는 한 점 의심 없이 한참 동안을 그 길을 향해 기분 좋게 걸어갔지만 좀체 월평마을이 나오지 않는다. 한참을 걸어갔지만 검은 화살표 안내는커녕 마을이 나오지 않았다. 우리 일행은 가다 말고 다시 책자를 보고 전화기로 길 안내를 찾아보았다. 길을 잘못 찾아든 것이다. 가봐도 검은 화살표가 안내되지 않아 첫 발길부터 다시 원점으로 되돌아와야 했다. 낯선 길을 가려면 여러 번의 시행착오는 기본이리라. 다시 출발했던 '남원 인월 센터' 앞으로 와서 이젠 반대 방향으로 다시 걷기 시작했다. 구 인월 마을의 안내 표지판대로 갔어야 했다. 발길을 되돌려 걸어가니 그제서야 '구 인월 마을'이 보이기 시작했고, 조금 더 걸어가니 '달오름 마을'도 보이기 시작한다. 밤이면 떠오르는 달이 얼마나 밝고 예뻤길래 마을 이름을 '달오름 마을'이라 이름 지었을까? 하기야 마을 뒤편으로 아름답게 우거진 소나무 숲 사이로 떠오르는 달이 어찌 예쁘지 않았을까? 지리산 쪽은 어느 쪽을 보더라도 자연경관이 그만이다. 그만큼 산과 들녘이 넓고 깨끗하고 고즈넉하기 때문에 모두가 지리산을 향하고 있는 것 같다. 시간만 있으면 이 '달오름 마을'에서 초연히 한밤 유하며 그 멋지게 돋아나올 달구경도 해 보았으면 좋겠다. 그러나 이번엔 계획된 길을 걷기에도 벅찰 것이다. 욕심일랑은 다음 기회로 또 미루어 두어야 되겠다. '달오름 마을'에서 논길과 산길을 번갈아 가니 이내 '흥부골 자연 휴양림'이 나온다. 자연 휴양림 앞에 왜 '흥부골'이라는 이름이 붙여졌는지 궁금해서 알아보니 바로 이곳이 '흥부전'의 발상지와 '발복지지'가 바로 이 근처였다고 한다. 그렇잖아도 산의 우거짐이 다른 산들과 달라 보였는데 남원 인월리 산 53-1번지 내에 있는 어마어마한 이 휴양림은 그 면적만 해도 무려 1km² 정도라고 한다. 얼마나 아름다운 숲이 우거져 있으면 휴양림으로 지정을 받았겠는가? 그리고 '흥부골 자연 휴양림'은 지리산 태극 종주 구간 시작점인 주봉 '덕두봉' 자락에 위치해 있다. 둘레길만 걷지 않는다면 이 '흥부골 자연 휴양림'에서 심신을 푹 쉬어가고 싶다. 눈으로만 둘러보았는데, 단체 수련장도 있고, 청정한 숲속의 집들과 방갈로가 있어 쉬어가기에 안성맞춤이다. 이 산자락에 50년이 넘는 잣나무 군락지가 있어 삼림욕 하기에도 좋다고 한다. 우리 눈앞에 바라보이는 덕두산 정상에서 능선을 따라 약 30분 정도만 가면 그 아름다운 철쭉으로 유명한 '바래봉'이 나온다고 한다. 꽃 피는 봄이면 정말 가보고 싶은 곳이었는데 바로 이곳이 바래봉 근처라니 기가 막힌다. 다음 해에는 꼭 바래봉 철쭉 길도 밟아보고 싶다. 아쉽기 그지없지만 우리는 '흥부골 자연휴양림' 앞에서 기념사진 한 장 씩 만을 찍으며 아쉬운 발길을 돌려야 했다. 한참동안 산길을 걸어가니 '황산대첩과 피바위'가 나온다. 이곳은 태조 이성계가 남원 운봉읍 소재 해발 695m의 바위산 황산에서 배극렴, 이지란 등과 진포에서 패한 후 남원지역에 결집해 있던 왜구들과 치열한 전투를 벌여 큰 승리를 거둔 곳이라 이를 기념하여 '황산대첩비'가 세워졌다고 한다. 이렇게 느긋하게 지리산 운봉길을 걸으며 역사 공부도 하고 있어 일석 삼조이다. 마지막 보루와도 같던 이곳 황산에서 이성계 장군과 군사들의 대승이 없었다면 당시의 고려는 어찌 되었을까? 생각만으로도 끔찍하다. 황산 대첩비 피바위는 적장의 아지발도가 이끌던 왜구들이 이성계 장군과 고려군에 몰살된 왜구들의 피가 홍건히 하천으로 흘러들어 피로 물들여졌던 전설이 서려 있는 곳이다. 생각만 해도 끔찍한 피바위가 그 증거로 지금까지 남아있다니 새롭게 역사 공부도 하며 둘레길을 걷고 있다. 한참 동안 산길을 걸어가는데 어떤 수필가의 시비가 나온다.

'살아있는 것들의 아름다움'이라는 주제로 쓴 김한호 수필가의 잔잔한 글이 심신을 편안하게 도와주고 있다. 결국, 아름다운 삶이란 자연과 더불어 사는 것이라 했다. 우리들이 자연스럽게 살고 있다는 것은 들에 핀 들꽃처럼 하늘을 나는 새처럼 자연스레 이 세상에 존재하는 것이라 했다. 글을 쓰고 있는 한 사람으로서 퍽 공감 가는 한 부분이다. 정말 자연에서 보여지는 아름다운 풍경들과 들려오는 모든 소리들도 우리의 영혼을 깨우는 아름다운 소리들이라는 결론이다. 김한호 수필가의 수필 한 토막을 맛보며 마음이 차분해진다. 발걸음에 다시 힘이 솟는다. 도로 옆으로 요즈음 오랫동안 마주치지 못했던 코스모스가 줄지어 우리 일행을 맞이해 준다. 오랜만에 만나보는 정겨움이다. 분홍색, 하얀색, 빨간색이 서로 잘 어우러져 우리를 기쁘게 맞이해 주는 것 같다. 그냥 갈까 하다가 너무도 예뻐 사진 몇 커트 씩을 카메라에 담고서야 또 길을 재촉했다. 이제는 지리산 둘레길의 안내 표지판이 제대로 눈에 보인다. 길을 걸으며 운봉까지 얼마나 남았는지가 소상하게 안내된다. 운봉까지 이제 5.7km 남았다는 이정표가 더 반갑다. 길을 잠시 헤매지만 않았어도 아마 많이 가까워졌을 것이다.

군화 마을을 지나 한참을 걷다 보니 '국악의 성지'와 '박초월 생가'로 유명한 비전마을 앞에 도착하였다. 이곳을 지나자니 태조 이성계의 발자취가 담긴 남원 '황산 대첩'과 '피바위'에 대해 궁금해진다.

남원 황산 대첩과
피바위

고려 말쯤 북쪽에서는 홍건적 세력이 남하하여 개경을 위협하고, 남쪽에서는 왜구가 남부 내륙을 비롯하여 해안을 따라 약탈을 일삼았었다고 한다. 이 두 난리를 성공적으로 마무리하면서 국가를 안정시킨 인물이 바로 이성계이다. 삼도도순찰사에 임명된 이성계가 남원에 도착한 다음 운봉을 넘어 황산에서 왜구와 접전을 벌여 아지발도를 포함한 무구한 왜구를 물리친 이성계의 발자취가 궁금해졌다. 그 길에는 우리의 영토를 수호한 유적지와 국토를 수호하지 못해 참혹한 아픔을 겪은 가슴 아픈 교훈이 겹쳐있었다. 이 땅에 이젠 전쟁의 아픈 역사가 되풀이되지 않았으면 좋겠다. 이성계가 군대의 대열을 정비했던 남원 교룡산성을 올라가 보았다. 삼도 순찰사로 임명된 이성계는 남원에 도착하여 남원 시내와 지리산 자락이 훤히 내다보이는 교룡산성에서 여원치를 넘어 운봉에서 황산 대첩을 승리로 이끌었다. 교룡산성은 군의 대열을 정비하고, 황산 대첩의 출발지로서 의미가 있는 곳이다. 남원 산성은 백제 시대부터 쌓아져 역사가 아주 깊은 곳이다. 임진왜란 때는 유사시를 대비하여 곡식을 보관하고, 군사를 머물게 한 곳이기도 하다. 예전부터 남원 교룡산성은 적을 방어할 수 있는 천혜의 요새인 셈이다. 이처럼 이성계는 남원 교룡산성에서 대열을 정비하고 부서를 나누어 장수를 정하고, 운봉으로 출전하였는데, 이성계는 남원에서 운봉으로 가기 위하여 여원치를 넘어야 하는데, 여원치 옛길은 충무공 이순신 장군이 파직 당한 후 백의종군 할 것을 명받고, 걸었던 험한 길이라고 한다. 이성계는 황산이 내려다보이는 청산봉에 올라가 정세를 살핀 후 황산의 오른쪽에 난 험한 길로 들어서 왜구의 용맹한 부대와 접전을 벌였는데, 이성계는 황산 일대에서 과감하고 용맹하게 작전 지휘를 하면서 총공격을 펼친 결과 적장 아지발도를 비롯한 무수한 왜구들을 거의 섬멸하였다고 한다. 황산 대첩이 있었던 인월천 주변에 널따란 바위가 있는데, 그 바위가 바로 피바위다. 자세히 표면을 살펴보면 지금도 붉은색 핏빛으로 물들어 있다. 이성계가 황산 대첩에서 왜구를 섬멸할 때 왜적과 아지발도가 흘린 피가 이렇게 지금까지 붉게 물들여져 있어 이 바위를 '피바위'라고 부른다고 한다. 그러나 조선이 건국된 후에 이성계의 황산 대첩을 기리기 위한 사적비와 어휘각 등이 세워졌지만 일제강점기 조선총독부는 남원 경찰과 소방대를 동원하여 이성계의 위업이 새겨진 황산대첩비의 글씨를 파괴하였다고 한다. 황산대첩의 현장은 이성계 장군이 왜구를 격퇴시키고 국토를 수호하는 데 큰 공을 세웠던 유적지라고 한다면 황산대첩비의 파비각은 우리가 근대 역사의 주인 역할을 다하지 못해 당한 참화의 현장이라 그런 이중 행동을 한 것으로 본다. 지금 우리들은 이 역사의 현장에서 자신의 역할을 다하는 것만이 우리의 소명이 아닐까 생각해본다.

세월도 가다 멈추고

김숙자

눈부시게 빼어난
빛 푸른 하늘가에
멋들어지게 휘늘어진
요천강 벚꽃 터널

단발머리 유년 시절
어슴푸레 저녁놀에
엄마 따라 거닐던
추억어린 요천 강변

노암리 외갓 댁 오갈 때
반겨 맞아주신
머리 하얀 유꾼다 외할머니
추억의 어릿광대 그리워라

약속은 없었어도
주름 깊어진 형제들
꿈결인 듯 달려와
얼싸안고 부둥켜 울었네

강 너울에 두둥실
떠밀려온 그리움
아름다운 석양빛에
추억 꽃 이파리로 휘날린다

제3장

소리의 본가 국악의 성지 남원

국악의 성지 가왕
'송흥록 생가'에 다다르다

남원은 한국 판소리 총본산으로 국악의 성지로 더 유명하다.

소리에 고향이 있다면 그곳은 '남원'이고, 남원 소리의 본가를 찾
는다면 '국악의 성지'라고 할 수 있다. 국악의 성지는 국악의 보존 전
승, 발전의 기틀을 마련하기 위해 '운봉'에 건립되었다고 한다. 넓은 땅
에 펼쳐진 국악 전시 체험관은 선인 묘역. 원형 광장(야외 공연장), 독공
장 등을 갖추어 남원을 찾는 이들에게 국악의 혼과 얼을 마음껏 가르
쳐 주고 있다. 더구나 조선 말기 '동편제'를 창시하고 민속음악 가운데
가장 느린 진양조를 응용해 극적이면서도 예술적인 판소리를 완성시
켜 '가왕'이라는 칭호를 받은 명창 '송흥록 생가'도 둘러보았다. 이곳 운
봉엔 어느새 담쟁이덩굴이 아름다운 단풍이 들어 오래된 생가 담 이엉
을 더욱 고풍스럽게 빛내주고 있다. 그 고풍 어린 초가집 생가 담벼락
에 기대어 사진도 한 장 찍고 판소리가 흘러나오는 너른 야외 마당에
서 진양조 가락도 들으며 오랜만에 고즈넉한 시골의 낭만도 맛보았다.
그리고 중요 무형문화재 제5호 판소리 수궁가를 부른 박초월 생가도

만나보았다. 박초월은 10년간 송홍록의 소리를 전수 받은 송만갑에게 춘향가, 심청가, 수궁가, 적벽가 등을 전수받아 전주대사습놀이에서 장원을 차지하며 명성을 얻기 시작했다고 한다. 송홍록의 판소리 한 대목을 들으며 나도 몰래 덩실덩실 춤까지 흘러나왔다. 참으로 이곳은 국악의 성지답게 동편제의 서글프고 구성진 노랫가락이 길가까지 계속 흘러넘치고 있다. 참으로 의미 있는 답사길이다. 오늘은 운봉까지 걸으면 된다. 이미 '인동 할머니' 댁에 방도 예약되어 있으니 부지런히 발길을 재촉하기만 하면 된다. 발길을 돌려 신기마을로 향해서 걸어가고 있다. 저녁 즈음이라 서쪽 하늘에 구름이 멋진 그림을 그려주고 있다. 아직 잘 익은 벼가 논에서 황금색 옷을 입고 있어 가을 하늘과 너무도 잘 어울렸다. 높다란 하늘 위의 구름을 담고 싶어 카메라를 들었으나 결코 그 아름다움을 다 담지 못해 아쉬웠다. 저녁 해가 으스름 해질무렵 우리 일행은 운봉초등학교를 지나 운봉 '서림공원'에 도착했다. 운봉 고을은 잿 뫼산(성산)을 주산으로 동천과 서천을 끼고 가히 배산임수의 길지로 신라 경덕왕 16년 '모산현'이 '운봉현'으로 개칭되었다고 한다. 그래서 이곳 서림은 동림과 더불어 운봉현의 비보림 중의 하나로 과거 고을의 기복지로 유서 깊은 곳이라고도 한다.

이곳 운봉초등학교 앞은 옛 운봉현 관아가 위치하던 곳이어서 고을의 입구 역할을 하였던 만큼 비보림이 조성되어 현두숲으로 불리우고 있다고 한다. 운봉은 정말 아름다운 명산으로 유난히 소나무숲이 잘 조성되어 있어 궁금했는데, 비보림이 조성되어 있었다는 걸 잘 알게 되었다.

대략 우리 일행이 오늘 걸어야 할 목표치는 다 걸은 것 같다. 동생네가 인월센터에 맡겨 두고 온 차를 다시 가지러 가야 했다. 택시를 잡으려니 시골이라 잡히지 않아 길가에서 망설이고 있었는데, 마침 지나가는 자가용 가족이 창문을 열며 태워준다고 한다. 우리의 행동을 보며 차가 없어 동동거리고 있는 모습을 본 것 같다. 정말 마지막 걸음에 천사부부를 만나 올케는 그 차를 타고 인월로 다시 가서 우리 차를 가지고 서림 공원 앞으로 돌아왔다. 참으로 아름다운 두 부부 천사를 만나 힘들지 않게 차를 가져와 예약해 두었던 '인동할머니' 집을 찾아갔다. 생각처럼 푸근한 민박집 주인을 만나 하루 저녁을 내 집처럼 편하게 보냈다. 저녁 식사에 찬거리도 모두 토속적인 반찬에 모두 감탄을 하였다. 마침, 최불암 씨와 미식가들, 야구선수 양준혁도 다녀간 집이었다. 그러니까 음식 솜씨는 이미 수준급인 집을 찾아 온 셈이다. 막걸리 한 잔에 도토리묵으로 오늘 일과를 마감하며 둘레길을 걸으며 운동이 적당히 되었던 터라 쉽게 숙면속으로 빠져들었다.

운봉에 머무르니 내 어머니와 큰 언니가 자꾸만 마음을 시리게 하여 시 한 수가 절로 떠올랐다.

지리산 둘레길
(남원—운봉 구역)

김숙자

보고픈 내 어머니 탯자리 남원
이름만 들어도 정겨운 고향 산천
낯설고 물선 둘레길 돌고 돌아
가냘픈 코스모스 흔들린 들판에 서서
파란 하늘에 몇번이고 그대 얼굴 그립니다.

달오름 마을 지나 흥부골 휴양림에 접어드니
옥계 저수지 너머로 아른거린 그리운 당신
잊을래야 잊혀 지지 않은 천륜의 끈끈한 정
자식들 발걸음 따라 애잔하게 뒤따라와
국악의 성지에서 동편제로 아련히 승화됩니다.

전통의 숨결과 판소리 어우러지는 남원
어머니는 천년 사랑 춘향이로 흥부전으로
내 가슴에 문화 예술을 꿈꾸게 해주셨고
기악, 무용, 예술과 가까이 만나게 해주셨으며
민속국악원에서 잊어버린 나를 찾아주셨습니다

오늘 인월 운봉 구간을 함께 걷는 둘레길에서

당신은 오랜만에 딸과 회포를 풀고
신기 북천마을 거쳐 운봉읍에 다다르니
춥고 설운 눈쌓인 운봉 골짜기로 큰딸 시집보내며
흘리셨던 눈물 오늘 막걸리잔에 가득 쏟아내십니다.

자연도 빛나고 사람도 빛나고

구산 선문 최초
가람 실상사를 찾다

지리산 둘레길 걷기를 시작하며 남원의 실상사는 필히 들러보고 싶었던 사찰이었다. 아무래도 이 어려운 둘레길을 조성하시느라 온갖 공을 들이신 도법 스님의 정신을 본받고 싶어서다. 남원 운봉 주천길을 걸은 다음에 지리산 자락이 포옥 감싸 안은 듯 평화롭고도 풍요로운 고을 남원시 산내면에 있는 천년고찰 실상사(實相寺)를 찾았다. 이 절의 회주 도법 스님께서는 끝날 수 없는 생명과 평화의 순례자이시다. 지리산 둘레길을 만드는데 효시가 된 분이고 실상사가 그 중심에 선 절이어서 실상사를 조명한다. 이 절은 지리산의 북쪽 관문인 인월에서 심원, 달궁, 뱀사골 방면으로 향하다 보면 삼거리가 나오는데, 여기에서 왼쪽 마천 방면으로 가다 보면 만수 천변에 천년의 세월을 버티고 지나온 실상사가 나타난다. 만수천과 뱀사골 방면에서 흘러내리는 물줄기가 만나는 지점이 산내면 면 소재지 즉 인월에서 뱀사골 방면으로 가다 보면 나타나는 삼거리 부근이다. 이 삼거리에서 동쪽을 향해 보면 천왕봉이 손에 닿을 듯 눈앞에 선하다. 그 발아래 산내면

입석리 들판이 넓게 펼쳐지는데 그곳에 실상사가 자리잡고 있다. 이 실상사는 지리산 깊은 계곡에서 흐르는 만수천을 끼고 풍성한 들판 한가운데 위치 해 있으며 동으로는 천왕봉과 마주하면서 남쪽에는 반야봉, 서쪽은 심원달궁, 북쪽은 덕유산맥의 수청산 등이 병풍처럼 둘러싸인 채 천년 세월들을 지내오고 있다. 대부분 우리나라의 사찰이 깊은 산중에 자라잡고 있는데 비해 지리산 자락의 실상사는 들판 한가운데 세워져 있는 것이 특이하다. 지리산 사찰 중 평지에 자리한 이 절은 이곳 실상사와 단속사가 있는데 단속사는 폐허가 된 채 석탑만 남겨져 있는데 비해 실상사는 여전히 사찰의 역할을 하고 있다. 실상사의 역사 개관 천년 사찰 호국사찰로 잘 알려진 실상사는 신라 흥덕왕 3년에 증각대사 홍척 스님이 당나라에 유학하여 지장 스님 문하에서 선법을 배운 뒤 귀국했다가 선정처를 찾아 2년 동안 전국의 산을 다닌 끝에 현재의 자리에 발길을 멈추고 실상사를 창건했다고 한다. 증각은 이 실상사를 창건하고 선종을 크게 일으켜 이른바 실상산파를 이루었고, 그의 문하에서 제2대가 된 수철 화상과 편운 스님이 가르친 수많은 제자들이 전국에 걸쳐 선풍을 일으켰다고 한다. 그런 후 6.25를 맞아 낮에는 국군, 밤에는 공비들이 점거하는 등 또 한 차례의 수난을 겪게 되었는데, 용케도 사찰만은 전화를 입지 않았다고 한다. 이렇듯 천년 세월을 보내오면서 호국사찰로 알려진 실상사에는 유독 일본, 즉 왜구와의 얽힌 설화가 많이 전해지고 있다. 정유재란 당시에도 왜구에 의한 것으로 보고 있는 부분에서도 일본과 관련된 전설을 엿볼 수가 있다. 그리고 실상사에는 호국의 정신이 흐르고 있으며 찬란한 신라 불교 문화의 숱한 문화재가 잘 보존 되어있는 천년의 고찰이다. 실상사의 주지 스님인 도법 스님은 자연을 함부로 취급해온 인간 중심의 삶을 이웃 나라의 중요성을 간과해온 내 나라 중심의 삶, 곧 이웃 가족의 고마움을 외면해 온 내 가족 중심의 삶등을 뼈아프게 반성하며 지리산 둘레길을 만드는데 효시가 된 분이다. 그래서 이곳 실상사의 정신과 도법 스님의 정신은 '생명 평화'의 삶을 살고, 함께 가꾸고 함께 권하는 삶을 살고자 한 것이다. 지리산 둘레길을 만드는데 생명 평화의 길이 되기를 바라는 마음으로 온갖 난관을 다 이겨내시며 지리산 둘레길을 만드는데 심혈을 기울이고 실상사 땅 3만 평에 실상사 귀농학교도 세우셨다. 그리고 1999도에는 인드라망공동체를 창립하여 '지리산 살리기 운동'을 전개하여 사람과 사람, 마을과 마을을 이어주는 지리산 둘레길이 만들어지는데 많은 공헌을 하셨다. 그 뒤 2007년에는 지리산 둘레길을 운영하는 사단법인 '숲길'도 만드셨고, 지금도 이사장으로 계시면서 생명평화 둘레길을 알리는 데 힘쓰고 계신다. 이처럼 필자도 지리산을 걸으며 도법 스님의 정신을 이어나가고 싶다. 그리고 도법 스님이 쓰신 책 "도법 스님의 생명 평화 탁발 순례기" 와 "길 그리고 길"을 다 읽어볼 생각이다.

남원 공비 토벌 작전
(남원지역 민간인 희생 사건)

1950년 12월에 남원에서 민간인 집단 희생 사건이 내 고향 바로 이웃마을 대강에서 일어났다. 민간인 집단 희생 조사 결과 너무나도 가슴 아픈 내 민족 내 나라를 지키던 군인과 경찰이 저지른 씻을 수 없는 과오였다. 사건 진상조사 위원회에서는 우리나라 군인과 경찰과 우리를 지키는 치안대가 왜 이런 끔찍한 사건을 저지르고 말았을까? 아무리 생각해도 필자는 이해가 안 된다. 그러나 그건 사실로 명명백백하게 밝혀진 사실이다. 11월 7일 진실 화해를 위한 과거사 정리 위원회는 한국전쟁 당시 발생한 지리산 인근인 전북 남원읍 대강면 일대에서 발생한 민간인 집단 희생 사건을 조사한 결과 3개 지역에서 총 343명이 군인과 경찰 등에 의해 희생당한 사건을 조사하여 진실을 규명하기에 이르렀다. 전북 남원지역 민간인 희생 사건은 전쟁기에 수복과 공비 토벌 과정에서 국군 11사단 군인과 경찰에 의해 발생이 된 천인공노할 사건 중의 하나이다. 이곳 전북 남원지역에서는 인민군 부역 혐의자와 좌익 가족 등 90명이 희생되었다. 억울하게 희생된 자들은 부역 혐의나 좌익의 가족이라는 이유만으로 친인척까지 몰살을 당하기도 했으며, 남원 사건의 경우 군인들이 일부 마을 주민들을 일본도로 목을 베어 살해를 하기도 했다고 한다. 또 남원지역에서는 적과의 교전 사실을 비롯해 전과 등이 상부에 보고되었으나 이는 생존자와 목격자의 진술, 희생 규모, 발생 시기 및 장소 등으로 볼 때 민간인에 대한 가해 사실을 전과로 보고한 것으로 추정된다는 사실이다. 남원지역 사건의 가해 주체는 제11사단 군인과 경찰로 판단되었다. 진실 화해위원회는 이 사건이 전시와 계엄 하에 발생 되었다 하더라도 군인과 경찰이 재판 등 적법한 절차를 거치지 않고, 이렇게 무고한 민간인을 살해한 행위는 헌법이 보장한 국민의 생명에 대한 기본권을 침해한 사건이라고 당당히 밝혀냈다. 진실 화해위원회는 '남원지역 민간인 희생 사건'을 조사한 결과 1950년 12월부터 1951년 3월까지 전북 남원군 일대에서 국군 11사단과 경찰의 공비토벌 과정에서 다수의 민간인이 적법한 절차 없이 집단 희생된 사건으로 밝혀져 생존자와 목격자, 당시 국군 11사단 군인과 남원경찰서 소속 경찰에 대한 진술조사를 실시했고, 아울러 국방부 및 육군 본부의 군사작전과 관련된 자료조사를 진행하였다. 특히 육군 본부의 한국 전쟁 사료를 통해 국군 11사단 소속 전차 공격대가 남원지역에서 공비 토벌 작전을 벌인 사건과 전과 기록 등을 확인하여 인민군과 교전 중 지방 세포원등 적을 사살한 것으로 상부에 보고되었으나 실제 생존자와 목격자들의 진술을 청취한 결과 이들은 모두 무고한 민간인이었으며 희생자의 규모, 발생 시기, 장소가 그 보고와 일치함에 따라 남원지역 민간인에 대한 가해 사실로 판명이 되었다. 그리하여 신원을 확인한 희생자는 모두 90명으로 파악되었으나 일

가족이 몰살되었거나 그 유족이 타지역으로 이주한 경우, 조사 신청을 하지 않은 경우까지 포함한다면 이는 최소한의 희생자로 판단이 된다. 전차공격대를 비롯한 11사단 군인들과 경찰은 남원지역에서 공비 토벌과 빨치산 거점 제거를 이유로 빨치산이 거쳐 갔던 마을의 주민들중 청 장년을 선별하여 무차별적으로 살해를 한 것으로 드러났다. 1950년 11월 17일 국군 11사단 소속 부대 또는 전차 공격대대가 남원 대강면 강석마을에 진입해 공비 토벌을 이유로 마을 주민들을 집단 총살시켰으며, 마을 주민 일부는 칼로 목을 베어 살해하기도 하였다고 한다. 이 얼마나 잔인한 살상을 저질렀는지 알고도 남음이 있다. 그 당시 사건을 목격한 목격자들은 "군인들이 일부 주민들을 일본도로 목을 자르고, 그 피비린내를 없애기 위해 소금까지 뿌렸다."고 하니 그 잔인성이 극에 달했다 할 수 있다. 1950년 11월 20일 국군 제 11사단 전차공격대는 남원 주천면 고기리, 덕치리, 일대에서 빨치산 거점 제거를 이유로 마을에 진입한 뒤 무차별 사격을 가하여 주민들을 집단 총살시키고 말았으니 가해자들은 어찌 그 죄를 감당할지 지금도 분노가 치밀어 오른다. 1950년 12월 19일 국군 제11사단 소속 부대 또는 전차공격대가 남원 산내면 백일리에서도 "손을 들라."는 군인의 지시를 무시한다 하여 청각 장애인에게 총격을 가해 그 자리에서 사살하였으며, 1951년 3월 9일 경찰은 남원 산동면 대상마을 주민들을 좌익혐의자 가족이라는 이유로 연행을 하여 한재골에서 총살시켰다고도 한다. 당시 군인들은 빨치산이 거쳐 간 지역의 주민들을 의심하여 임산부를 비롯하여 고령의 여성, 당시 면장을 포함한 지역의 지주들까지 살해하는 등 남녀노소를 가리지 않고, 무차별 사살을 행하였다. 이 사건이 전시 계엄 상황으로 국민의 기본권이 제한되었던 시기에 발생했다 하더라도 군경이 적법한 절차 없이 적에게 도움을 주었다는 의심만으로 비무장, 무저항의 민간인을 집단 총살하거나 칼로 목을 베어 살해한 행위는 인도주의에 너무나도 크게 반한 야만적 행위로서 헌법상의 기본권인 생명권을 침해하고, 적법 절차에 따라 재판을 받을 권리를 완벽하게 침해한 사건이다. 만약, 국가가 국민의 생명을 빼앗거나 인신을 구속하는 처벌을 할 경우에도 합당한 이유와 적법한 절차에 따라 진행해야 당연하나, 사건의 가해 부대는 이를 이행하지 않았으므로 이 사건의 책임은 당시 군경을 관리 감독할 책임이 있었던 국가에까지 그 책임이 귀속된다는 사실을 알아야 한다. 그리하여 진실 화해위원회는 국가의 공식적인 사과와 위령 사업의 지원 및 군인과 경찰을 대상으로한 평화 인권교육 등을 후에라도 반드시 실시해야 마땅할 것이다.

생명 평화의 삶

김숙자

칭얼대는 장맛비 걱정되어
청정계곡 지리산 자락에
아름다운 비단 수실로
춤추는 운무 수로 놓았다
푸른 칡넝쿨 휘감은 채
순한 사슴 눈 닮아
슬프기까지 한 유월 산하여

알록달록 무늬 고운
유월의 하얀 동백꽃
아픔 방치된 산자락에
강인한 박달나무 친구 불러
가장 낮은 자리에서
윤기 서린 최고의 목재 되라고
결 고운 겸손의 삶 일러준다

제5장

아직도 못다 부른 그리움의 노래

지리산 둘레길
제3구간 '인월'에서
금계 구간 걷기

지리산 둘레길 제3코스를 걷는 날이다. 이 코스는 '전라북도' 남원시 인월면 인월리와 '경상남도' 함양군 마천면 의탄리를 잇는 20.5km의 지리산 둘레길이다. 그중에서 오늘 우리는 인월 금계 구간 중 중간 지점쯤에서 하루 민박을 하고 다음 날 그 나머지 길을 걸어 금계에 도착할 예정이다. 이 지역은 지리산 둘레 구역 시범 구간 개통지인 지리산 북부지역 남원시 산내면 상황마을과 함양군 마천면 창원마을을 잇는 옛 고갯길 등구재를 중심으로 지리산 주능선을 조망하며 걷는 아주 멋진 구간이라 한다. 그러나 우리는 자신이 없어 체력적으로 안배를 하며 걷기 위해 중간 지점인 '매동마을'에서 하룻밤을 쉬고 그 다음 날 등구재를 넘어 금계에 도착할 계획이다.

루베회와 지리산 2코스의 걷기를 무사히 끝낸 우리는 다시 대전 집으로 돌아와 일주일의 꿀맛 같은 휴식기를 갖고 황금 같은 10월 연휴의 시작과 함께 또다시 지리산 둘레길 걷기에 나섰다. 10월 1일부터

3일간의 연휴를 오롯이 지리산에서 보낼 요량으로 용감하게 집을 나섰다. 10월 1일은 나에게 너무도 소중한 날이기도 하다. 세상에 하나밖에 없는 내 딸 생일날이기 때문이다. 그런데 지리산 둘레길 걷기를 주말마다 하고 있는 나로서는 딸의 생일마저도 함께 하지 못하고 일찌감치 금일봉으로 인사를 대신 할 수밖에 없었다. 다행히 엄마의 진로를 더 지원하고 걱정해 주는 딸이라서 흔쾌히 지리산으로 엄마를 보내주었다.

아침 새벽에 서대전역에서 출발하는 열차로 남원역 까지만 도착을 하면 루베회 일원인 동생 내외가 역에까지 마중을 나와 우리를 도보 행선지까지 편하게 데리고 가므로 도중에 낭비된 시간 허실은 거의 없는 편이다. 이번에 걸어야 할 구역은 '인월 금계' 구역으로 지리산 둘레길 제 3구간에 해당한다. 다녀온 사람들의 후기를 보면 '인월 금계' 구역이 가장 아름다운 구역이라고 바람을 한껏 불어넣어 기대 또한 대단하다. 아무튼 우리에겐 한 번도 가보지 않은 낯선 길을 나서는 거여서 설레기도 하고, 조금 두렵기도 하다. 그러나 다녀온 분들의 후기를 읽어보면서 자꾸만 기대가 된다. 남원역에서 출발점 인월까지는 직접 동생 자가용으로 가서 차를 인월 안내센터 옆에 파킹 시켜놓고 우리는 본격적으로 둘레길 걷기에 들어간다. 누가 무얼 준비해 오자는 전갈과 약속 하나 없었지만 걷기에 필요한 준비물과 간식들은 동생 내외나 우리 내외 모두 자율적으로 빈틈없이 잘 해오고 있다. 1구간 2구간의 경험이 다시 산교육이 되어 부족한 부분은 서로 잘 채워가며 루베회는 친교에 손발이 척척 맞아갔다. 점심 준비는 따로 해 가지 않았다. 걸어가다가 걸어가다가 만나는 간식들도 산에선 모두가 꿀맛이니까 말이다.

첫 번째 만난
중군 마을

인월에서 금계를 향해 걷다 보니 맨 먼저 중군 마을이 나왔다. 마을 앞에 예쁜 백일홍 꽃이 소담하게 피어 있어 마을 앞을 지나는 우리 일행을 반갑게 맞이해 주고 있다. 이 중군 마을은 꽤 오래된 마을이다. 1380년(우왕 6년) 삼남 지방에서 노략질하던 왜구를 정벌하기 위해 삼도 도원수 이성계 장군이 황산에 본진을 두고, 이 마을에 중군을 상주에 소군을, 서무 동무에 석후 목병, 사창, 장물에 군수장을 주둔시켰다고 한다. 그는 황산에서 영남을 거쳐 북진중인 왜장 아지발도를 기다리고 있었다고 한다. 7척이 넘는 키의 아지발도가 팔랑재를 넘어와 대치를 하고 있었다. 이성계 장군은 신궁 소리를 듣는 뛰어난 활솜씨로 그를 무찌를 작정이었다. 그러나 날이 저물고 마침 그믐 밤이라 적군과 아군의 분별이 어려워 싸움을 할 수가 없었다고 한다. 그런데 어디서 솟아올랐는지 둥근 보름달이 떠올라 천지가 개미 기어가는 것 까지 분간할 수 있을 만큼 밝아왔다고 한다. 이성계 장군은 때를 놓치지 않고, 부원수 퉁두란에게 아지발도의 투구를 쏘게 했다. 화살이 그의 투구를 맞추자 끈이 벗겨지려 하는지라 입을 벌려 이를 막으려는 계 장군의 화살이 그의 목구멍을 꿰뚫어 마침내 죽임을 당하고 말았다. 그때 흘린 핏 자국이 지금도 황산 탐천에 있는 피바위에 남아 있다고 한다. 이때 이성계 장군이 달을 끌어 올렸다 하여 인월이라는 지명이 전해졌으며 이 중군마을은 중군에 주둔하였다 하여 중군리 또는 중군동이라 불리게 되었다고 한다. 그 후 전주 최씨, 김해 김씨, 안동 권씨, 남원 양씨 등 4개 씨족이 정착하면서 마을이 형성되었다고 한다. 그런 뒤로 지리산 둘레길 제 3길의 통로가 되면서 탐방객들에게 볼거리, 먹거리, 휴식처를 제공하며 방문객들에게 편안한 옛 마을의 정취를 전해 주고 있는 관문 역할을 톡톡히 해 주고 있다.

우리 일행은 이곳에서 기념사진 한 장을 남기고 발걸음을 재촉했다.

인월에서 금계까지는 총 20.5km라고 알고 있다. 그러나 산길 들길 마을 길들이 어우러져 있어 정확한 거리인지는 알 수 없으나 우리 루베회는 이 구간을 반으로 나누어 걷기로 하였다. 그러니까 하루에 10km 정도만 걷고 쉬면서 어렵지 않게 가려고 마음먹었다. 그러나 중군 마을을 지나 산길로 접어들었다. 처음에는 산림이 우거져 있지 않았으나 점점 산길로 들어가니 깊은 지리산의 품을 의식하기 시작했다. 구절초가 피어 있는 산자락을 지나기도 하고, 오르고 내리는 산자락도 걸으며 지리산의 매력에 푹 빠지기도 했다. 지리산은 겁없이 뛰어들 산이 아니었다. 산속으로 조금 돌아가니 조계종 백련사 절이 보인다. 그래도 가야 할 길을 가늠할 수 없어 많이 지체를 하지않고 겉핥기 식으로 외부만 바라보고 가던 발길을 재촉했다. 산자락이 점점 높아지는

지 숨이 가빠지기 시작했다. 혼자 왔다면 호젓한 산길인데 그래도 네 명이 도란거리면서 오르니 그래도 갈만하다. 가며가며 둘레길의 표지판에 씌어 있는 거리를 헤아려 보면서 많은 참고가 되었다. 사람 형상을 한 자연 나무 안내판의 붉은 화살표가 가슴처럼 따스하게 전해져 온다. 벌써 목이 마르고 배도 슬슬 고파온다. 점심을 따로 준비하지 않았으므로 어디에선가 주막이라도 만나면 목을 축이고 가야겠다고 생각했다.

마침 누추한 주막 겸 허술한 간이포장마차가 보인다. 계곡 입구를 막아 놓고 오가는 길손들에게 먹거리를 팔고 있다. 이쯤 해서 수성대 주점이 없었다면 지쳐서 더 갈 수가 없었을 것이다. 루베회 일행 네 명은 모두 만장일치로 이곳에서 쉬어가기로 했다. 먹거리로는 파전에 동동주, 도토리 묵, 라면 정도가 메뉴의 전부였다. 우리는 누가 먼저랄 것 없이 털썩 주저앉아 이곳에서 쉬어가기로 했다. 마음 좋은 간이주점 아주머니께서 배고픈 줄 아시는지 금방 파전 한 장에 막걸리부터 내주셨다. 아무것도 넣지 않은 맨발의 파전도 그 날은 금방 동이 났다. 우리 일행은 또 한 장을 부탁하고 컵 막걸리가 맛있는 이유를 알 것 같다. 아주머니와 정담을 주고받으며 사람 사는 이야기들을 나누었다. 간이주점 겸 '수성대' 약수터에서 약수는 먹지 않고 막걸리만 3병을 비웠다. 컵라면까지 먹으니 점심은 이것으로 때워도 대충 될 것 같다. 너무 많이 쉬어가면 다른 사람들에게도 휴식처를 주어야 하므로 떨어지지 않으려는 발길을 다시 산길로 옮겼다. 오늘은 '장항마을' 하나를 더 지나고 '매동마을'에 숙소를 예약해 두었다. 점심 겸 막걸리를 먹어서 그런지 몸이 더 축 늘어진다.

그리고 왜 그리도 10월 햇볕이 따끈따끈 한지 여름날보다 더 더웠다. 서쪽방향으로 들어서는지 햇살이 머리 위에서 눈을 뜨지 못하게 한다. 수성대 약수 쉼터에서 마셨던 막걸리 때문에 자꾸 발걸음이 더 무겁다. 햇살은 바로 머리 위에서 내리쬐지 날씨는 30도를 오르내리니 정말 산길은 오름이 많아 걷기가 쉽지 않다. 얼만 큼을 걸었는지 어마어마한 품을 자랑한 소나무 숲이 얼굴을 내민다. 이곳이 '당산 소나무'라고 한다.

두 번째 만난
장항마을

장항마을 사람들은 매년 이 '당산 소나무'에서 당산제를 지내고 있다고 한다. 이 당산 소나무는 보호수로 이미 지정되어 있고, 무려 나이가 410년이 지났다고 한다. 이런 거목을 '노루목 당산 소나무'라고 부르고 있다고 한다. 노루목이라는 이름은 산세의 지형이 마치 노루목과 같은 형국이라 하여 노루 장자를 써서 '장항마을'이라 부르게 되었다고 한다. 정말 당산 소나무는 오랜 수령을 자랑하는 만큼 그 위엄이 느껴진다. 마침 스탬프도 찍고 가라고 놓여있다. 빨간 스탬프까지 만나니 더 반갑다. 우리는 오래된 당산 소나무 앞에서 오랜만에 여유 있는 포즈를 잡고 자유롭게 사진을 찍었다. 둘레길을 걸으며 찍은 사진들 중에 가장 으뜸인 것 같다. 그만큼 잘 생긴 소나무의 품위가 우리 등산객들 격까지 높여준 것 같다.

수성대를 지나온 뒤 우리는 '배너미재'도 넘어온 것 같다. 어쩐지 산길이 오르락내리락 예사롭지 않더니 그게 바로 배너미재였었다. 산길을 오르락내리락 하는 동안 어느새 오후 시간이 많이 지나 있다. 잠시 후에 '장항마을' 너머로 큰 도로가 펼쳐진다. 큰길 가에, 호두를 수확하여 도로에 흥건히 깔아놓고 말리고 있다. 대추도 가을 햇빛에 잘 익어 붉은빛을 더 한다. 갈 길이 바쁜지라 묻지도 않고 길을 건너는 바람에 반대편 길로 들어섰다. 그곳에서 한 번만이라도 입을 열고 '매동마을' 위치를 물어보았다면 그렇게 길을 헤매지는 않았을 텐데, '매동마을'을 오른쪽 눈앞에 남겨 둔 채 다른 길로 들어서 헤매기 시작했다. 배너미재를 넘어온지라 다리는 천근만근인데 길까지 헤매서 너무 속상했다. 모두가 지친 기색이 역력하다. 올라간 능선을 다시 내려오며 모두가 투덜거렸다. 이제는 모두가 지칠 대로 지친 상태이기 때문에 누가 뭐라고 말이라도 할라치면 예쁜 말이 나오지 않는다.

매동마을 앞에서
길을 헤매다

큰 도로를 지나 오르막길로 앞만 보고 걸었다. 길가의 사과나무에 사과가 가을 햇볕에 토실토실 살이 쪄 너무도 먹음직스럽다. 먹고 싶은 욕구를 간신히 누른 채 그 빛 고운 사과를 눈으로만 맛보고 지나갔다. 가을 햇살에 그늘이 없으니 땀이 비 오듯 흘러내린다. 가도 가도 계속 오르막길 뿐이다. 우리 일행 중 아무도 지리를 아는 사람이 없어 무작정 전진만 하고 있다. 루베회 대장님이 아무 말도 없이 걷고만 있으니 우리는 따를 수밖에 없다. 한참을 가도 안내 표지판이 나오질 않는다. 이쯤 해서 매동마을이 나올 법도 한데 가도 가도 마을이 보이지 않는다. 아마도 우리가 '서진암' 쪽으로 길을 잘못 들어 헤매고 있는 것이다.

하는 수 없이 거꾸로 예약해 둔 '매동마을' 숙소에 전화를 해 보니 우리가 다른 길로 한 참 더 지나 올라가 버린 것이다. 그것도 사정없는 오르막길을 말이다. 아주머니는 태연하게 다시 내려와 대나무 숲만 찾아 내려오라고 한다. 서울에서 김 서방 집 찾는 격이었다. 투덜거리며 왔던

길로 한참을 내려오니 아, 글쎄 표지판 가장 아래 부분에 아주 조그맣게 '매동마을'이라는 허술하기 짝이 없는 안내가 볼품없이 씌어 있는 것이다. 우리는 너무 허탈했다. 네 명 중 아무도 그걸 못 보고 사뭇 다른 언덕길로 죽을 등 살등 오르고만 있었던 것이다. 입을 두었다 흉년에 죽 써먹으려 했던가? 자꾸만 자책이 빗발쳤다. 입은 두었다 어디에 쓰려고 우리가 사람들에게 '매동마을'을 묻지도 않았는지 설 건방을 떨었으니 고생을 해도 싸다. 어찌 되었건 힘들어도 다시 되돌아서 '매동마을' 민박집을 찾긴 찾았으니 다행이다. 고생해서 찾아온 만큼 보람도 컸다. 시골집으로는 아주 잘 지어진 2층 양옥집이었다. 마당 가 감나무에 먹기 좋을 만한 홍시가 대롱대롱하다. 매동마을은 이름도 예쁘다. 원래 매화꽃을 닮아서 매동마을로 부르고 있다고 한다. 우리 루베회 네 가족은 특별 배려인지 2층을 배정받아 우리 두 가족만 홀가분하게 편히 쉴 수가 있었다. 또 한 가지 재미있는 건 나와 매동 주인집 아주머니의 이름이 똑같다는 점이다. 하고 많은 사람들 중에 그러기도 쉽지 않은 데 무척 반가웠다. 이름이 같다는 것 하나만으로도 공통분모가 되어 나와 주인 아주머니는 금방 친해질 수 있었다. 그 하고 많은 사람들중 '동명이인' 이라니 우연치고는 너무 큰 우연이다. 우리는 손뼉을 마주치며 대단한 인연이라고 서로 얼싸안으며 기뻐했다. 인심도 좋아 뭐든지 푸짐하게 담아 내준다. 금방 정이 들 것 같다. 지리산에서 직접 기른 고사리 나물과 산채 나물로 저녁을 맛있게 먹었다. 민박 손님이 많아서인지 힘이 들어 우리에게 돼지 불고기를 못 해줘서 미안하다고 자꾸만 아쉬움을 토해낸다. 이런 인연이 쉽지 않은데, 필자의 이름과 똑같은 또 하나의 김숙자가 더욱더 친절을 베풀어 주어 '매동마을'의 추억이 하나 더 늘었다.

묵답

김숙자

사람 손이 떠났다
인기척도 다 떠났다
오솔길이 막혀 묵정밭이 되고
논과 밭이 모두 고사리 밭으로 변했다.
산업화의 물결 따라 떠밀려간 농부들
생명 같은 논밭 다 버리고 도시로 떠났다

한때 고추가 붉게 익어가고
누런 벼들이 소담스레 고개 숙이던 논밭
농부들 발걸음마저 뚝 끊기고 말았다
나무가 우거지다 숲이 되고
숲이 우거지다 자연이 되어버린 묵정밭
자연으로 돌아가려는 땅의 본능을 어찌하라

제6장

흔들리지 않고 나아가는 배는 없다

등구령재를 넘다
(매동에서 금계로)

아침을 먹고 매동마을을 나와 오늘은 금계까지 걸어야 한다. 다른 사람들은 하루에 걸을 수 있는 길을 우리는 무리하지 않기 위해 이틀로 나누어 걷고 있는 것이다. 그래도 여전히 지리산 둘레길은 버겁다. 아마도 지리산의 산세를 우리가 잘못 판단한 것 같다. 지리산은 마치 우리 친부모와 같은 고향 품이라는 생각만으로 우리가 겁을 내지 않았던 것이다. 그리고 젊은이들도 선뜻 나서지 못할 길을 우리가 너무 용감히 나선 것 같다. 아마도 우리가 나이를 먹었어도 도전 의식이 남보다 더 강했던 것 같다. 산길에서 만나는 사람들도 모두가 신세대이거나 대부분 다 젊은 사람들뿐이었다. 우리처럼 나이가 지긋하고 머리가 희끗희끗한 사람들은 보지 못했다. 나이 든 사람들은 대부분 다리가 아파 엄두도 못낼 일이었다. 막상 지리산 품에 도착해서 걸어보니 키로수는 얼마 안 되는 데도 몸이 무겁고 빨리 지친다. 그것은 동네길도 산등성이를 넘으며 돌아내려 가야 하기 때문이다. 오늘은 금계까지 도착해야 하고, 힘들다고 하는 '등구재'도 넘어야 한다. 오죽하면 재라고 이름을 붙였을까? 고생길이 만만찮을 것 같다. 계절로는 초가을이 맞지만 한낮의 햇빛은 30도를 오르내리므로 오르막길에선 숨이 턱턱 막혀온다. 숲속에는 나무들로 꽉 차있기 때문에 시원할 줄 알았는데, 오르막길이 많아서인지 땀으로 온몸이 흥건하다. 지리산 둘레길이라 돌아가는 길로만 생각하고 퍽 쉬울 줄 알았다. 그러나 산길이 그렇게 쉽게 뚫리면 누가 어렵다고 하겠는가? 그러니까 원래 나 있던 산길로 걸어 재도 넘을 수밖에 없다. 어제 잘못 올랐던 지점 '서진암'을 다시 지나 숲속으로 접어드니 소나무 군락지 속에서도 가끔은 커다란 고사목도 한 그루 보인다. 그 고사목들은 아마도 녹음이 짙어진 숲의 밑거름으로 순환될 것이다. 사진작가들이 쉬어가는 쉼터로 '길섶'이라는 안내 표지판이 반갑다. 우리도 여기서 잠시 쉬어가려고 길섶에 앉았다. 숲을 빠져 나와 잠시 계단식 논길을 지나니 바로 등구령재로 이어지는 길이 나왔다. 벌써부터 긴장이 된다. 그러나 한편으로는 옛 고갯길 등구재를 넘으며 눈앞에 조망되는 지리산 천왕봉의 주능선을 조망할 수 있다는 설레임도 크다. 주능선이 가장 잘 바라보이는 곳이 중황마을이다.

　　잠시 산마루에서 쉬면서 민박집에서 싸준 사과 한쪽씩을 나누어 먹고 있다. 산에서 먹으니 뭐든지 꿀맛이다. 오래 앉아 쉬고 싶지만 가야할 길이 창창하니 무거운 엉덩이를 다시 일으켜 세워야만 한다. 그래도 힘겹긴 하지만 가장 사랑하는 사람들이랑 일행이 되어가니 너무도 부담이 없어 좋다. 우리 내외와 나의 바로 밑 남동생 내외가 함께하니 이 이상 좋은 조합은 없을 것이다. 입에 넣은 것도 다 꺼내주고 싶은 사이니까 더없이 즐겁다. 아마도 인생 길목에서 우리가 어렵게 도

전하고 있는 이 지리산 '둘레길 추억'이 잊지 못할 추억으로 남을 수 있기를 바라고 있다. 가도 가도 산길 오르막만 나온다. 겨우 절반을 넘어왔는데도 숨이 헉헉거려 자꾸만 쉬고 싶다. 산비탈을 돌아 나오니 눈 앞에 펼쳐지는 앞산의 경관이 너무도 아름답다. 모르긴 몰라도 아마 천왕봉에 가까운 중봉 상봉 근방인 것 같은데, 정확하게는 필자도 모르겠다. 첩첩 겹쳐진 그 산봉우리가 그 산봉우리 같고 그 능선이 그 능선 같다. 도무지 지리산의 품과 높낮이를 가늠하기가 어렵다. 그러나 어찌나 산색과 산자락이 깨끗하고 능선이 고운지 지리산에서 가장 높고 아름답다는 천왕봉 근처인 것만은 맞는 것 같다. 아침을 잘 먹었는데도 벌써 또 배가 고파온다. 사박사박 걸어 올라오니 산 중턱에 등구령 쉼터가 보인다. 너무도 반갑다. 잠시 배낭을 내려놓고 쉬어가기로 했다. 등구령 고개라 하면 이제 여기서부터는 지리산 전라북도와 경상남도의 경계점에 도달한 듯 싶다. 그렇다면 여기서부터는 경상남도 함양 길이다. 금계까지는 6.6km 남았다는 안내 표지가 있다. 아직도 15리 정도는 더 걸어야 하나 보다. 등구령 쉼터에서 막걸리 한 잔안 하고 등구재를 넘어갈 순 없다. 우리 루베회 일행은 우선 기념사진 한 장을 먼저 찍고 이곳에서 간식 겸 점심을 먹고 가기로 했다. 어디서 온 일행들인지 삼삼오오 모여앉아 맛있게 점심들을 먹고 있다. 이곳에서는 산에서 수확한 호두도 주렁주렁 매달아 놓고 팔고 있는 것 같다. 진짜라서 사가고도 싶지만 베낭의 무게를 줄여야지 늘리면 힘이 드니까 눈요기만 실컷 했다. 우리 차례가 돌아와 막걸리와 파전 그리고 비빔밥을 시켰다. 산에 오르니까 뭐든 맛이 있어 금방 동이 난다. 우리 네 명이 막걸리 세 병은 이제 보통이 되었다. 필자의 주량은 겨우 한

양재기 정도인데 맛있게도 잔을 비운다. 그래도 여기에선 기분만 내는 편일 것이다. 술이 한 잔씩 들어가니 어머니의 추억담도 함께 따라 나왔다. 어머니께서는 이곳 전라북도 남원에서 태어나셔서 전라남도의 경계선인 곡성으로 시집을 오셨다. 곡성은 거리로는 남원과 아주 가깝지만 남도와 북도의 경계 선상에 있다. 그런데 오늘 이곳에서 우리 어머니가 우리를 키우실 때, 불러주시던 구성진 노랫가락이 떠오른다. 옛날 용맹한 장수들의 행적과 속담 이야기를 노랫가락으로 들려주셨다. 특히 둥구 마천 곶감 이야기는 더 자주 해 주셨다. 오늘 이 둥구재를 지날 무렵 어머니의 추억담도 떠오른다. "둥구마천 곶감인가, 얼음구멍의 수달핀가" 하시며 우리를 어르고 달래고 부르시던 노랫가락이 이 둥구재에서 떠오른다. 그땐 그 노랫가락이 무얼 뜻하는지도 모르면서 들었을 뿐이지만 떠나시고 안 계신 지금은 너무나도 그립다. 지금도 한 번쯤 어머니 품에 안겨 옛 노래를 듣고 싶다. 그러나 우리 일행이 가야 할 길이 눈앞에 남아있으니까 우리는 이제 서둘러 일어나야 한다. 이제는 내리막길이 많을 것이다. 힘겹게 오르기만 했으니 지금부턴 사정없는 내리막길이다. 내리막길이 쉬울 것 같지만 산에서는 더 어렵다. 몸의 하중을 다 싣고 다리를 내딛어야 하기때문에 더 조심이 따른다. 한순간도 방심해서는 안된다.

내려가는 길은 계단 길도 있고, 데크도 만들어 놓아 퍽 운치도 있고, 산을 내려 가기가 더 안전하다. 이걸 만들어 놓은 걸 보니까 금계에 다 온 것 같은데, 가도 가도 내리막길이 끝이 없다. 오히려 오르막길보다 더 발이 발발 떨리기도 한다. 상황마을의 다랭이 논이 참 애처롭다. 어떻게 저 산비탈을 깎고 돌을 충충이 쌓아 저 계단 논을 만들었을까? 구불구불한 다랭이 논에서 농사를 지을 걸 생각하니 가슴이 아프다. 보기엔 그림처럼 너무 아름답지만 저 다랭이논에서 아빠 엄마는 얼마나 고생이 많았을까? 나무 데크 길을 내려오면서 상황 마을과 중황 마을을 바라보면서 잠시 지리산의 가장 핵심인 천왕봉을 마음껏 조망해 본다. 등구재는 높다란 등성이가 마치 거북등을 닮았고, 아홉 구비를 돌아 오르는 고개라 하여 등구치라 불린다고 한다. 이곳은 해발고도가 650m 이고, 전라북도 남원시 산내면과 경상남도 함양군 마천면의 경계로서 경상도와 전라도를 이어주는 옛 길목이다.

세금을 거둔 창고 '창원마을'

창원마을은 조선 시대 마천면 내의 각종 세금을 거둔 창고가 있었다는 유래에서 창말(창고마을)이었다가 이웃 마을 원정 마을과 합쳐져서 지금의 창원마을이 되었다고 한다. 창원마을을 오르내리다가 금계마을로 가는 마지막 길목에 참으로 신비스런 '하늘길'을 만날 수 있었다. 마치 거대한 숲을 빠져나가는 마지막 터널 끝자락을 걸어 나가면 마치 사람이 하늘로 올라가는 것처럼 환시가 되는 '하늘길'이 나온다. 우리 루베회 가족은 모두가 만세를 부르며 좋아서 '하늘길'을 빠져나갔다.

지리산 산행 중 너무나 멋진 사진이 나올 것 같다. 마침 베네딕도가 "금계다" "금계!"하며 기쁘게 소리 지르는 바람에 우리 루베회 가족은 모두 신바람이 나서 손을 높이 올렸는데 그게 끝자락이 아니었다. 만세를 신나게 불렀던 그곳 '하늘길' 이후로도 만만치 않게 산길을 걸어 내려와야 금계마을에 닿을 수 있었다. 금계는 그 예쁜 모습을 쉽사리 보여주지 않았다. 다리가 뒤틀릴 만큼 시멘트 포장 임도를 또 지나고 마지막 숲길로 진입을 하면 다리 힘이 있는 대로 빠진다. 그런데도 나무 데크 있는 곳에서 '칠선 계곡' 뒤로 지리산 정상부의 주능선이 너무도 곱게 잘 조망되었다. 여기가 바로 멋진 수채화 여러 폭이 걸려 있는 듯하다. 이곳 지리산까지 걸어오지 않았다면 누가 이렇게 멋진 수채화를 눈앞에 공짜로 걸어 주겠는가? 정말 힘은 들었어도 이 멋진 풍광으로 마음의 위로를 삼아야 한다. 금계마을로 내려가는 길에 맷돼지 얼굴을 한 바위도 만나고, 드디어 아름다운 칠선 계곡을 따라 형성된 '금계마을'을 만날 수 있었다. 힘들었지만 지리산의 하이라이트 주능선을 조망하며 걸을 수 있어 너무 행복했다.

꿀맛 같은 둥구령 쉼터

김숙자

휘감은 몸 허물마저
살갑게 벗겨 내주는
소나무 숲길 따라
그대와 도란도란 걷는 길

정겨운 이야기 절로 쏟아내며
설레고 있는 날 몹시도 기다렸나봐
사랑 에너지 조붓조붓 출렁이며
해묵은 추억까지 데리고 나온다

그리움 덕지덕지 깔린 둥구령
네 가슴에서 뿜어져 나온 사랑 향기
신새벽부터 쏟아낸 그윽한 솔잎 향기
둥구령 쉼터에 뼛속까지 스며있네

제7장

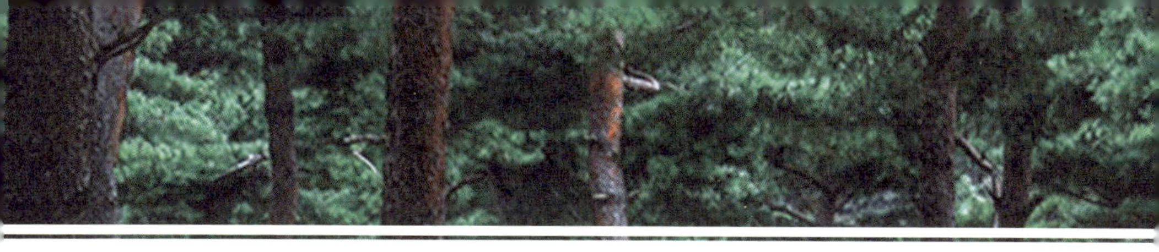

진심 나무는 심장을 관통한다

빨치산 야전부대를 지나며 2022.11.12(금계에서 동강)

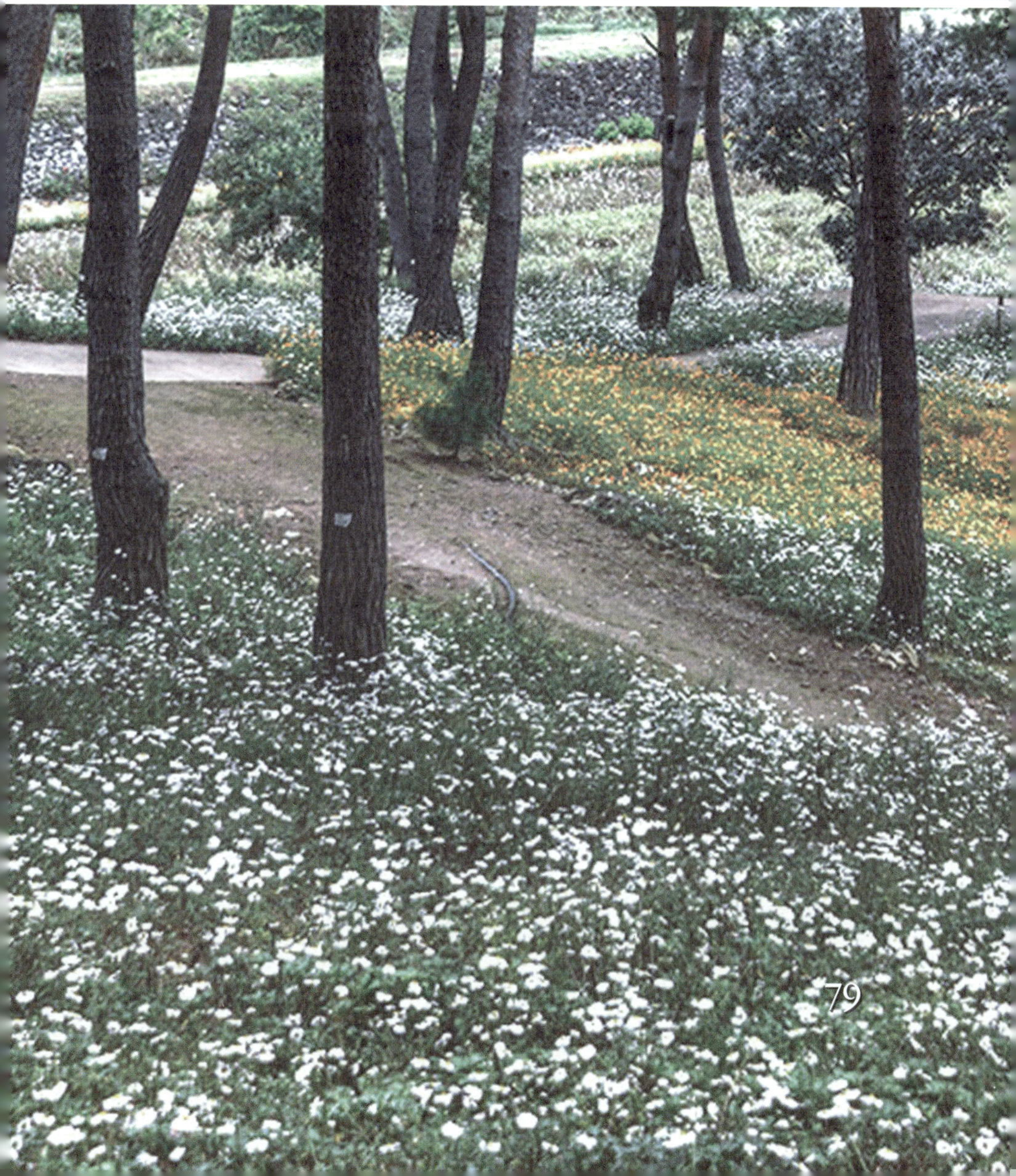

단풍 빛은
만추에 더 곱게 빛나고

10월 초순 황금연휴에 지리산 제3코스를 완료한 뒤 이런저런 일정 때문에 실로 한 달여 만에 다시 지리산 둘레길 제4코스에 발을 딛게 되었다. 어느덧 11월도 중순에 접어들었다. 그런데 어렵사리 우리가 잡아 놓은 일정에 하필이면 비 소식이 짙다. 몇 주 전부터 일기예보에 눈길이 자주 가는데, 정작 토요일 출발 때는 비가 오지 않고 오후부터 비가 내릴 모양이다. 그래도 요즈음 가을 가뭄으로 인해 금싸라기 같은 비라서 모든 농작물들이 비를 기다리고 있는 시점이라 비가와도 출발엔 상관이 없다. 둘레길을 걸어야 하는 우리만 좀 애가 타지만 비가 오면 그 약비를 우리도 오롯이 맞기로 하고 집을 나섰다.

오늘 걷게 되는 지리산 둘레길 제4코스는 '금계마을'에서 출발할 예정이어서 함양휴게소 앞에서 다시 걸을 예정이다. 금계마을은 '노디목'이라 부르는데 주소는 경상남도 함양군 마천면 의탄리이다. 노디목이란 말의 유래는 옛날에 냇물을 건너다니는 징검다리의 노듸의 목이라는 뜻에서 '노디목'이라 불리었다고 한다.

아마도 고려 시대 의탄소가 있었던 지역으로 추성리의 아름다운 칠선계곡 입구에 있다고 한다. 우리는 네 번째 대전에서 내려와 금계와 동강까지의 제4구간을 걸을 예정이다. 힘차게 걸을 나이엔 13km 정도는 하루에도 걷기가 가능하지만 우리는 무리하지 않으려고 중간 지점 정도의 '세동 마을'에 민박을 예약해 두고 이틀에 나누어서 걷고 있다. 루베회 모두가 나이대가 있기 때문에 무리는 금물이라서 우리는 쉬며 놀며 걷고 걷는 추억의 지리산 걷기이다. 루베회는 9월 말부터 둘레길을 걷기 시작하여 어느덧 11월에 중반에 접어들었다. 우리의 지리산 둘레길 걷기의 목적은 얼마나 빠른 속도로 둘레길을 걷느냐가 문제가 아니라, 내 고향 부모님의 따스한 품속과 같은 곳에서 우리가 얼마나 편하게 머물다 가느냐가 더 중요한 관건이다. 그러니까 속도전이 아니라 아름다운 추억과 그리움을 더듬어가는 소확행 걷기인 것이다. 일상에서 잠시 잊고 살았던 소소한 행복의 순간들을 70대 우리 부모님의 나이에 다시 만나 길을 걸으며 오손도손 추억을 되새겨보는 그런 중요한 시간인 것이다. 아버지께서 지리산을 오르시며 들려주셨던 이곳에 얽혀있는 많은 여순사건 이야기, 빨치산 이야기, 공비들 이야기, 토벌 작전 등 수 많은 옛이야기들이 그땐 무서웠지만 지금은 더 그리워진다. 공무원이셨던 아버지는 밤이면 공비들을 피해 토굴 속에서 숨어 사신 이야기, 빨치산에서 일어났던 피비린내 나는 이야기들이 지금 그 역사의 현장인 지리산 함양지역을 돌며 더욱더 실감이 난다. 그 이야기를 들려주시던 부모님은 지금 안 계시지만 아직도 우리 추억 속에는 함께 하신다. 그래서 그 추억과 그리움의 품속에서 얼마나 편안히 안겼다 가느냐가 이번 지리산 둘레길 걷기의 주된 목적인 것이다. 그리고 우리 루베회의 주된 정신은 따뜻한 부모님의 정과 추억에 동참하는 데에 그 모토를 두었다.

지금까지 바쁘게 살아왔던 날들엔 꿈도 못 꿀 일이었다. 더구나 결혼을 하여 각기 다른 곳에 정착해 살고있는 '누이와 남동생 내외'가 이렇게 한마음으로 둘레 길에서 만난다는 건 쉽지 않은 일이다. 그래서 더 소중하고 지리산 둘레길을 걸으며 아로새겨진 추억과 정을 새롭게 느끼는 시간이 너무도 소중하다. 마치 고향의 옛집에 다시 찾아와 부모님을 매주 만나고 따뜻한 그 품속에 안겼다 가는 추억의 시간인 것이다.

내 아버지는 김해 김씨이고, 어머니는 이곳 함양군 함양 오씨이다. 그래서 지금 걷는 이 지역이 우리 부모님 품속이라 해도 결코 무리가 아니다. 부모님 두 분이 다 지리산 품에서 태어나 지금은 두 분 모두 지리산 품자락에 고이 영면하고 계신다. 그래서 부모님이 그리워지는 이 시기에 지리산 둘레길을 걸으며 포근히 그 회포에 흥건히 젖어보고 싶은 것이다. 그래서 다른 분들의 지리산 둘레길 걷는 마음과 우리는 본질적으로 다름을 알 수 있다. 그래서 이번 걷고 있는 제4 코스야말로 '금계'에서 '동강' 구간인데 더욱더 정겹기 그지없다. 오늘 제 4 구간은 경상남도 함양군 마천면 금계마을과 함양군 휴천면 '동강리'를 잇는 12.7km는 우리 부모님을 그리면서 걷게 되는 것이다. 이번 제 4 코스를 걷게 되면서부터는 지리적으로 지리산 자락 품속으로 깊숙이 들어온 느낌이다. 따라서 자연스레 부모님 품속에 더더욱 깊숙이 안기게 되는 셈이다. '금계'에서부터 '동강'까지 걷는 길에는 6개의 산중 마을을 만나게 된다. 그리고 꼭 가보고 싶었던 주요한 사찰 '서암정사'와

‘벽송사’에 얽힌 이야기를 회상하는 가슴 떨린 시간이기도 하다. 그러면서 지리산의 유서 깊은 ‘엄천강’도 만나는 길이다. 오늘은 내가 그토록 가보고 싶었던 ‘서암정사’와 ‘벽송사’를 가는 날이라 너무도 설렌다. 사찰로 들어가는 고즈넉한 숲길이 온통 아름다운 단풍 길이다. 이미 떨어져 쌓인 단풍마저 발길에 사박사박 기분 좋게 차인다. 이 길은 등구재와 법화산 자락을 조망해가며 엄천강을 따라 걷는 옛길 임도가 너무나도 아름답다. 우리 일행은 무리를 하지 않기 위해 하루 코스를 이틀로 나누어 걷기 때문에 남들이 다소 어렵다는 ‘벽송사’ 쪽으로 돌아가는 길을 택해 길을 걷고 있다. 이 길은 난이도가 있어 다소 힘은 들어도 ‘의중마을’로 바로 들어가 의중마을을 지키고 서 있는 500년 묵은 당산나무 아래서 잠시 쉬고 난 뒤 서암정사로 이동하여 ‘벽송사’까지 둘러 볼 계획이다.

초록 바다에 핀 연꽃 한 송이
(서암정사 황목련)

김숙자

칠선 계곡 고운 운무와
날마다 춤을 추었지
벽송사 솔바람과
밤마다 노래 불렀지

얼굴도 모르는 그대 때문에
나 얼마나 그리움에
몸을 떨었던가

일 년 중 가장 좋은 오월 어느 날
볕 좋은 대웅전 앞에서
그대는 초록 바다에 뜬 연꽃 한 송이

수많은 수도승 사이로
동안거 끝내고 막 나온 그대
욕심도 비워버린
달덩이 얼굴
네가 바로 부처로구나

초조함 없는 너의 늠름함
바로 비움이었구나
너는 대웅전 앞
화려한 금단청

더러움에 몸담가도
한사코 물들지 않은
초록 연못에 핀
단아한 연꽃이어라

제8장

삼밭에서 자란 쑥대는 더 곧게 자란다

의중 마을 당산나무
아래서 쉬어 가다

이곳 의중마을은 고려 시대 때 의탄소가 있었던 지역으로 칠선 계곡 입구에 있다. 이곳에 도착하니 비 소식에 가슴 졸였던 것은 기우가 되어 가을의 가장 아름다운 하늘과 단풍을 제대로 만끽해 보는 시각이다. 첫번째 쉼터로 의중마을에서 오래된 당산나무 앞에 당도했다. 멋진 커피 타임이 아름다운 낙엽 길 위에서 이루어졌다. 찬란한 햇볕과 가을 하늘이 정말 눈부셨다. 단풍이 어우러져 그냥 앉아만 있어도 그림이 된다. 사진기에 몇백 년 된 당산나무를 배경으로 기념사진도 찍고 잠시 여유로운 티 타임도 가졌다. 정말 더 부러울 것이 없다. 이 아름다운 낙엽 위에 텁썩 주저앉아도 그대로 그림이고, 당산나무 가지에 걸터앉아도 그대로 그림이 되었다. 매년 7월 7석에는 이곳에서 당산제도 모신다고 한다. 함양 박씨, 경주 정씨가 집성촌을 이루고 있다고 한다. 어느새 고목 느티나무는 그 화려했던 이파리를 모조리 땅에 떨궈 놓고 맨몸으로 겨울맞이를 하려는 모습이 너무도 의연하다.

유서 깊은 지리산
'서암정사'를 만나다

'서암정사'는 해동 삼대 명산 중의 하나인 지리산의 큰 줄기 위에 자리잡고 있는 사찰로, 석굴법당은 원응 큰 스님께서 6.25 전쟁의 참화로 희생된 무수한 원혼들의 상처를 달래기 위해 1989년부터 10여 년간에 걸쳐 불사를 진행하여 오늘날의 모습을 갖추게 되었다고 한다.

다른 곳에서는 좀체 만나기 어려운 석굴 법당 안에는 아미타 부처님상과 제불 보살 등으로 불교의 이상 세계를 상징하는 극락세계가 정교하게 장엄 되어있었다. 2010년에는 대웅전과 지하에 있는 금니사경, 참배관을 마련하여 원응 큰 스님께서 석굴법당의 원만한 불사를 염원하며 1985년부터 금니사경을 해 오신 작품들을 참배할 수 있도록 마련하였다고 한다. 2012년도에 완공한 대웅전은 한국 전통 목조 건물로는 아주 드문 아(亞)자형 건축물이며 중층 구조의 겹처마를 두어 한국 고대 건축의 선과 미를 극대화한 사찰이라고 한다. 그래서 '서암정사'는 신성하고 엄숙한 수도장이다. 칠선 계곡 입구에 자리잡고 있어 사계절 내내 관광객이 끊이지 않는다고 한다.

경상남도 서남쪽 방향 함양에 있는 '서암정사'는 원래 '벽송사'의 암자였는데, 수행자 원응 스님이 우연히 이 지역을 지나가다가 참혹한 6.25 전쟁과 빨치산들의 비참하게 죽어간 원혼들을 위로하기 위해 당시에는 초라한 암자를 일으켜 세운 곳이라 한다.

일주문을 대신한듯한 돌 바위 문을 지나오면 마치 예쁜 정원 같은 진입로가 나타나고 실제로 그 안쪽으로 들어서니 연못과 나무, 지리산 영봉을 벗 삼는 멋진 정원이 나타났다. 원응 스님은 원혼들의 비탄어린 울부짖음을 비몽사몽 간에 듣게 되었다고 한다. 그래서 인간의 이기심과 탐욕이 공동 업보임을 깨닫고 끝없이 기도하며 '희생되어 원한에 사무쳐 방황하는 고혼들이 증오와 괴로움에서 벗어나 부처님의 광명에서 평화를 누리기'를 발원하며 이 암자를 세웠다고 한다. 그러나 오랜 시간이 지난 지금은 당당한 사찰로 승격이 되었다고 한다. 지리산을 품고 있는 '서암정사'는 실로 너무 눈부셨다.

옛 암자였다는 '미타전'을 만나 보았는데 실로 이 지역은 전부 공비들의 아지트였다고 한다. 공비들의 아지트와 그 루트였던 이 곳은 군에서 세운 '지리산 공비 루트'라는 안내판도 입구에 그대로 서 있고, 이병주의 소설 '지리산' 그리고 이태의 소설 '남부군'을 생각해보며 사방으로 눈길이 돌려졌다. 실로 무시무시한 장소였지만 지금은 오롯이 역사 속으로 자취를 감추고 그 형체만 남아있다. 극락세계를 염원하며 꾸몄을 '서암정사'의 아름다운 정원이 고스란히 남아있다. 특히 눈길을 끈 정원의 이파리를 다 떨궈 버린 '황목련'의 자태는 너무도 의연하다. 백목련과 보랏빛 목련은 많이 보았어도 '황목련'은 처음이다. 보호수처럼 잘 보존되고 있어 내년 5월쯤 '황목련'이 필 즈음이면 꼭 다시 찾아오고 싶다. 그윽한 노란 색깔의 '황목련'을 사진 속에서만 대하며 그 아쉬움을 달래본다. 특히 대단한 것은 석굴 속에 부처님을 모셔놓은 극락전이 눈길을 끈다. 불을 켜 놓은 석굴 속의 아미타불, 지장보살, 미타화 상, 등 수 많은 보살들을 석굴에 부조해 놓은 점이 너무도 값지다. 석굴 밖으로도 군데군데 불상들이 부조되어 있었다. 단풍 물든 가을의 '서암정사'는 실로 역사적 가치로도 너무나 눈부셨다.

적단풍 불타는
벽송사

한국 선불교 최고의 종가 벽송사(碧松寺)는 조선 중종 시대인 1520년 벽송 지엄 선사에 의해 창건되었으며 서산대사와 사명대사가 수행하여 도를 깨달은 유서 깊은 도량이라고 한다.

벽송사는 대한 불교 조계종 제12교구 본사인 해인사의 말사로 전통사찰 제12호로 지정되어 있다고 한다. 발굴된 유물로 보아 신라 말경이나 고려 초에 창건된 것으로 보이나 사적기가 전해지지 않아 자세한 역사는 알 수 없어 아쉬웠다. 1520년 벽송 지엄이 중창한 뒤 현재의 명칭으로 바꿔 이후에 영관, 원오, 일선 등이 이곳에서 선을 배웠다고 전해진다. 그리고 1950년 6.25 전쟁 때 불에 탔으나 바로 중건하여 오늘에 이르렀다고 한다. 벽송사에는 고려 초기의 것으로 보이는 벽송사 '삼층 석탑'과 '목장승' 2기가 벽송사를 지키고 있다. 목장승은 원래 절반은 땅에 묻혀 있었으나 마천면에서 '변강쇠'와 '옥녀'의 일화를 담은 '가루지기타령'이라는 민속 노래가 전해오는 곳이라 더 주목을 받고 있다고 한다. 오른쪽에 서 있는 '호법대장군'은 그 산의 밤나무로 만든 재질이라고 한다. '금호장군'은 1969년에 일어난 산불로 머리가 파손되었다고 하는데 툭 불거져 나온 눈과 양끝을 벌려 성난 표정을 짓는 입은 현실감 넘친 조각이라 할 수 있겠다. 경상남도 유형문화재 제316호로 지정된 이 벽송사의 '나무장승'은 그 풍부한 표정에서 민중 미학의 본질을 유감없이 보여주는 빼어난 장승 가운데 하나인 것 같다. 순천 선암사의 나무장승과 쌍벽을 이룰 만큼 조각 솜씨도 빼어났다. 벽송사는 지금까지 내가 걸어온 지리산 계곡 둘레길 중 가장 힘들고 험한 곳인 것 같다. 그러니까 빨치산이 이곳에 숨어 지내며 그들의 야전병원으로까지 사용하지 않았겠나 싶어 가슴이 오싹하다. 그러나 말이 없는 단풍들은 옛일을 아는지 모르는지 불타오를 듯 기염을 토해가며 타오르는데 이 아름다운 꽃단풍은 지리산 칠선 계곡을 따를 만한 곳이 없을 것 같다. 내려갈 때도 쉬운 길을 고집하지 않고 오롯이 벽송사를 제대로 느껴보려고 700고지가 넘는 뒷산 높은 산등성을 오르고 내리고, 돌고 돌아 가을 정치와 함께 '벽송사'의 애환을 더듬어보며 둘레길을 제대로 걸어보는 일은 너무나 의미가 크다고 할 수 있겠다.

700 고지 '벽송사'
아스라한 단풍 길을
돌아나오며

우리 루베회 일행은 쉬운 길을 고집하지 않고 '벽송사'의 높은 고지를 돌고 돌며 끔찍했던 애환 서린 그 길을 온몸으로 맞서며 내려왔다.

점심을 먹은 후라서 더 오르막길이 힘겹다. 나무와 낙엽 밖에는 보이는 것이 없다. 그 수많은 나무들이 벌써부터 몸을 떨며 겨울준비를 하고 있다. 바람이 조금만 불어도 산속에 떨어지는 낙엽들이 모두 춤을 추며 날아간다. 너무도 그 광경이 아름다워 넋을 잃고 바라보다가 드디어 동영상에 담기도 하고 사진으로 남기기도 하며 힘든 내리막길을 헤쳐 나왔다. 낙엽이 수북수북 쌓여 있는지라 어디가 어디인지 발을 딛을 때마다 계단 찾기도 어렵다. 이곳에서는 스틱이 열 일을 해주며 선발대가 되어준다. 앞에 딛어야할 곳이 어느 만큼의 깊이인지를 스틱이 가늠해 주기 때문이다. 지리산 둘레길 걷기는 그냥 편히 걷는 길보다 모든 길이 넘기 힘든 재 수준이고, 산을 넘어가는 것은 모두 등산 수준이다.

루베회 네 사람이 헤쳐 가는 길에는 바스락거리는 낙엽 소리 뿐이다. 동생댁이 깎아온 단감이 산길에서 먹으니 그야말로 진미다. 지칠 때는 휴식과 간식이 이래서 필요한 것이다. 가방이 무거워 자꾸만 내려놓고 왔던 먹거리들이 자꾸 생각난다. 점심 도시락도 무거워서 간소하게 한다고 약식을 싸온 것이다. 반찬이 없어도 먹어지기 때문에 김밥보다 더 나은 것 같았다.

숲속 길이라 자꾸만 명암이 어두워진다. 오후에 비가 온다는 예보가 있기 때문에 내려가는 길을 많이 재촉하고는 있지만 워낙 난코스에 낙엽길이 미끄러워서 한 발짝 그냥 내딛기가 무섭고 망설여진다. 남동생은 신발 때문인지 세 번쯤 미끄럼을 탄 것 같고, 우리 남편도 긴 다리에 힘이 풀려 제대로 바윗돌위에 한번 넘어졌다. 나는 조심조심 한 발 짝 한 발짝을 사고 없이 내려가려고 신경을 집중해서 걷고 있다. 다행히 미끄럽긴 했어도 사고는 없었다. 내려오며 내려오며 춤을 추는 낙엽들, 꿈같은 그 단풍 길은 잊을래야 잊을 수가 없을 것 같다. 우리가 언제 다시 이 길을 또 오겠는가?

앞길을 제대로 내려온 건지 아무도 알지 못하면서 스틱으로 가늠해가며 내려온 하산 길은 발이 발발 떨렸다. 때마침 빗방울이 한 두방울씩 내리기 시작한다. 다행히도 소나기가 아니라 맞을 만하다. 이곳에서 세동 마을 까지만 내려가면 된다. 다 내려온 것 같지만 모두가 첫길이고 낯선 길이라 네비게이션으로 세동 마을을 찾아 이장님 네가 경영하는 3층 집 민박집으로 무사히 도착했다. 우리가 내려온 까마득한 산길을 되돌아보니 먹은 나이는 모조리 잊어버리고 너무도 무모한 행보를 했던 것 같다.

꽃버선에 가을이 젖다

김숙자

그대 떠나시던 날
아무 말도 못 했지만
떠나는 이가 매정한가
보내는 이가 매정한가

떠날 걸 미리 알고
가을빛 곱게도 물들여 차려입은
청자 빛 두루마기
눈부신 꽃보선

세상에서 가장 멋진
아름다운 꽃관 쓰고
홀연히 꽃길 밟으셨다

가을비에 젖은 낙엽
행여 그대 눈물일까
떠날 때를 미리 알고
예쁜 꽃보선 챙겨 신고
흔연히 낙엽길 걸으신 그대

생에 가장 아름다운 날
가을비에 온몸 젖어도
슬퍼할 일 아니다

아름답게 이승 건너간 길
홍건히 젖고 갈 일이다

이 가을 낙엽 띄운 동동주에
부디 쉬어가소서 그대여

용서는 사랑보다 더 어렵다

세동 마을 민박집이
'빨치산 3중대'라니

아무것도 모르고 민박집을 정했는데, 이곳이 6.25 전쟁 때 '빨치산 3중대'가 머문 곳이라고 한다. 산 중턱의 오르막길에 있는 허술한 이 시골집이 왜 그땐 그 무서운 빨치산들이 오르내리며 머물던 곳이었을까?

그만큼 지리산 깊숙이 자리 잡은 민가였기 때문일 것이다. 그때와 마을 지도가 하나도 바뀐 게 없다고 한다. 빨치산은 1945년 해방 이후부터 1948년 여순 반란 사건과 1950년 6. 25전쟁을 거쳐 1955년까지 활동했던 공산주의 비정규군을 말한다. 이곳에 온 루베회 우리 가족이 모두 이즈음에 태어난 전후 세대인 것이다. 빨치산 이야기를 아버지께로 부터 들어서 알고 있었지 태어나긴 했어도 나나 내 남동생은 도무지 알 수가 없다. '빨치산'이라 함은 결국 '빨갱이'로 통용되는 경우가 있으나 '빨치산'은 엄밀히 말해서 러시아에 파르티잔(Partlzan), 그러니까 곧 노동자나 농민들로 조직된 비정규군을 일컫는 말로 유격대와 가까운 의미로 해석하면 맞을 것이다. 이 빨치산들은 적의 배후에서 통신 교통 시설을 파괴하거나 무기나 물자를 탈취하고 인명을 살상하는 비정규군, 특히 우리나라에서는 6. 25전쟁 때와 그 전후에 각지에서 준동했던 공산 게릴라들을 가리킨 말이다. 유격대나 파르티잔은 러시아 말이다. 빨치산은 일반 주민들의 협조나 지원이 없이는 그 임무를 수행할 수가 없다. 그래서 그 지방의 지리나 지형에 밝아야 하는 것이 절대적인 조건이 되므로 아무 곳에서나 실행할 수 있는 전투는 아니다. 우리나라에서는 주로 6.25 전쟁 전에 각지에서 준동하였던 공산 게릴라를 가리키는 말이라 할 수 있다. 빨치산 대신 공비(공산당 도적)라는 호칭도 사용했다고 한다. 지리산 4코스를 이틀에 걸쳐 반으로 나누어 걸었다. 첫날은 '빨치산 3중대'가 주둔했었다는 이장님 네 집에서 하룻밤을 묵었다.

넉넉한 이장님 내외분이 친절하게 잘 대해 주셔서 그 옛날 빨치산 얘기도 웃으면서 나누고 시골식 저녁 밥상으로 도토리묵과 온갖 나물 반찬으로 편안한 하룻밤을 보냈다. 낮에 비 예보가 있어 잔뜩 긴장했는데 하루종일 우리가 걸을 땐 비를 맞지 않고, 저녁에 잠을 자는 동안 주룩주룩 아주 작은 빗소리를 들으며 꿀잠을 자고 나니 언제 그랬냐는 듯 비가 그치고 움푹패인 곳에만 빗물이 좀 고여 있을 뿐 아침 둘레길 걷기에는 안성맞춤이었다.

빨치산 투쟁

우리 남한에서 최초의 자생적 빨치산 투쟁은 일제 말기에 시작되었다. 1943년에서 1944년 사이에 경남 함양군 백전면 일대의 괘관산이 그 효시이다. 경남 함양을 중심으로 서부 경남 일원에서 일제의 강제 징용과 강제 징병을 피하기위하여 장정들 10여 명이 주재소를 습격하여 소총 등의 무기를 탈취하여 괘관산으로 숨어 들어가 우리나라가 해방되기 전까지 맹렬하게 저항했다. 괘관산은 덕유산에서 영취산을 거쳐 솟아오른 백운산이 동쪽으로 뻗은 산맥이다. 조선 시대 안의와 함양의 경계를 남북으로 가르는 산줄기다. 괘관산은 대봉산이라 불렀으나 일제강점기에 큰 인물이 나지 못하게 할 목적으로 괘관산(벼슬을 마친 선비가 갓을 벗어 걸어둔 산)이라고 불렀는데, 최근에 다시 대봉산으로 산 이름을 재정비했다. 주봉인 천황봉은 천왕봉, 괘관봉은 계관봉으로 각각 개칭되기도 했다. 대봉산은 백두대간이나 지나가는 백운산의 동쪽 지맥 선상으로 소백산맥의 줄기를 형성하고 있다. 함양군의 뒷산으로 불리는 대봉산은 옛날 빨치산의 활동 거점으로 이용되었던 곳이다. 남한에서 최초의 빨치산 투쟁과 그 현장인 괘관산은 지금까지 거의 알려지지 않았다. 이 투쟁을 이끌었던 장본인은 남한 빨치산의 전설적인 인물로 알려진 남도부 하준수였다. 그는 경상남도 함양군 병곡면 도천리에서 태어났다. 그의 집안은 함양의 부호로 당시 그의 아버지 하종택은 오랫동안 면장을 지냈으며, 천석군이었다. 진주 고등학교의 전신인 진주 중학교를 다니는 도중에 일본인 교사를 폭행해 퇴학당한 뒤일본으로 유학을 떠났다. 그 후 일본에서 주오대학 법학부에 입학했다. 운동을 좋아해서 늘 운동복 차림으로 외출하기를 즐겨했다. 그날도 운동복 차림으로 긴자 골목길을 걷고 있는데, 일본인 강패들이 조선인 여학생을 놀리는 꼴을 보고 '아니 내 나라 학생들을 희롱하다니.'라고 생각하며 정의감에 불타 그를 뜯어말리다 그 패거리들과 결투를 벌이게 되었다. 그는 당수 유단자의 실력을 백분 발휘해 일본인 깡패들을 일격에 물리쳤다. 그 무리 중에 야쿠자 두목도 끼어 있었기에 그 사건이 발생한 뒤부터 한국인 유학생들 가운데는 그를 모르는 학생이 없을 정도로 널리 알려지게 되었다. 그렇게 그는 유명세를 타면서 학생 시절을 유의미하게 보내고 있었는데 대학 졸업반 때, 태평양 전쟁에 참전할 학병으로 징집되었다. 그는 일본의 개노릇은 할 수 없다며 징집을 거부하고, 병역기피자가 되어 괘관산으로 숨어들었다. 이때까지는 검은 고양이든 흰 고양이든 항일하는 사람이 사랑받는 세상이었다. 1945년 3월 지리산 근처 괘관산에서 동지 73명을 모아 조직한 결사 단체인 보광단을 만들었다. 그 보광단은 무장을 갖춘 체제를 이루었다. 이들 73명의 사연을 일일이 옮기려면 책 한 권으로는 모자랄 지경이다. 문제는 모두가 일제 탄압에서 벗어났다고 만세를 부르던 그때부터 새로운 분열의 조짐이 보이기 시작했다. 그 가운데서 이병주의 지리산에도 등장하는 정순덕은 20대도 되기 전에 결혼한 남편이 지리산 자락에 사는 시천면 사람이다 보니, 여순 사건으로 지리산에 들어간 김지회 일당이 자주 양식을 구하기 위해 보투를 나서는 곳이었다. 반란군이 털고 간 다음 날이면 순경이 들이닥쳐 반란군에게 양식을 주었다고 개 패듯이 팼었다. 주민들은 양식을 털린 것도 원통한데, 주민을 보호해야 마땅한 순경은 주민을 보호하기는커녕 반란군에게 양식을 주었다고 죽도록 매타작을 하는 바람에 원수를 갚겠다고 산으로 들어간 사람도 적지 않았다. 그 매질에 못 이겨 순덕의 남편도 지리산으로 들어가고 말았다. 그러자 신혼의 단꿈을 꾸어야 할 남편이 지리산으로 들어가니 남편이 그리운 순덕도 지리산이 얼마나 좋아서 꽃 같은 색시를 두고 지리산에 들어갔는지 물어보겠다고 벼르며, 지리산으로 찾아간 것이 최후의 빨치산이라는 이름표를 달게 된 동기였다. 또, 방실에 살던 김동신은 자기 아버지가 김구 선생을 존경해서 김구 선생 편에 섰다가 좌익분자로 낙인이 찍히면서 경찰서를 큰 집 드나들 듯하였다. 하루는 경찰들의 상태가 심상치 않음을 감지한 아버지가 소 한 마리를 팔아서 줄 테니 살려달라고 해서 사실 위기를 모면하기도 했다. 하필 설이 돌아와 설 전 대목이었는데, 설이라서 장이 안 선 데다가 보름이 지난 뒤에는 눈이 많이 내려서 장이 서지를 못 했다. 드디어 새싹이 돋아날 무렵, 소를 몰고 장에 가다가 하필이면 동청벼리에 발을 잘못 디디는 바람에 소 발목이 부러졌다. 그러니 이제 소를 팔고 싶어도 소를 팔 수 없는 막다른 골목으로 내몰리고 말았다. 무슨 변명을 해도 그 순경은 자기를 속였다고 생각할 수밖에 없었을 것이다. 그래서 며칠을 고민하던 아버지는 눈물을 흘리면서 온 가족을 데리고 지리산으로 들어갔다. 이들 가족은 가장이 6.25 전쟁 중에 포로가 되어 40여 년의 세월을 남원, 광주 등지의 감옥에서 신세를 지다가 하얗게 센 백발을 머리에 이고, 고향으로 돌아왔다. 저마다의 사연을 한 꾸러 미씩 지닌 보광단은 여운형의 건국 동맹과 조직적 유대를 가지고, 그 산하 조직으로 포섭되어 활동했다. 그들은 후에 공산주의 빨치산 활동 을 펼칠 수 있는 근거가 되었다. 태평양 전쟁이 종전되고, 일본 제국이 패망하자 '조선건국준비위원회'를 설치하고, 새생활운동을 펼치며 건 국에 대비했으나, 1946년 1월 미 군정에 의해 해산되고 말았다. 당시 남도부의 이념적 지향은 여운형 주도의 조선인민당에 참여하여 함양 군당 위원장을 맡았고, 인민당과 공산당이 합당하여 남로당을 만들었 을 때, 참여하지 않을 정도로 비교적 온건했다. 그러나 경찰에 쫓겨 지 리산에 숨어들게 되자, 자주적인 민족국가 수립에서 멀어지고 있다고 판단하고, 그 까닭을 미 군정의 정책 때문이라 생각하여 미군정 지역 에서 조선 민주주의 인민공화국을 지지하는 게릴라 활동을 벌이기 시 작했다. 1949년에 조선인민유격대가 창설 되었을 때, 제 3병단 부사령 관에 임명되어 사령관인 김달삼과 함께 태백산 일대의 유격대를 지휘 했다. 그는 1980년 남도부의 참모 차진철의 빨치산 활동을 다룬 정원 석의 소설 '북위 38도선'에도 등장한다. 남도부는 김일성의 지령을 받고, 육이오 전날 함선을 타고, 동해를 거쳐 남하했다. 우여곡절 끝 에 신불산으로 들어가 1950년 6월부터 휴전 이후까지 그가 이끌고 내 려온 부대를 지휘했다. 53년 12월 1일 남도부의 차진철은 석 달가량 함 께 창녕에서 숨어 지내다가 남도부가 먼저 대구로 떠나게 된다. 차진 철은 창녕에 있는 큰아버지 정윤경과 누이인 정혜분에게 대구로 가서 자신과 남도부를 맞이하라고 했다. 그리고 사전 확인차 53년 12월 31일 대구에서 큰아버지를 다시 만나게 되는데, 실은 이 모든 과정을 육군 본부 특무부대에서 감시하고 있었다. 최룡 대위는 사전에 큰아버지와 누이를 만나 이미 포섭하였고, 둘은 다시 찾아온 성일기를 설득시켜 자수하게 만든다. 그리고 남도부가 약속한 대로 대구의 성기수의 집으로 오기를 기다렸다. 그런데 특무부대와 차진철은 남도부가 팔공산 아지트에 있는 줄 알았지만 그는 이미 다른 루트를 통해 대구 시내로 내려와 동인동에서 하숙하고 있었다. 그러나 점점 포위망이 좁혀지자 남도부는 54년 1월 21일 오후 6시 동인동의 성기수 집으로 이동하였다. 성기수의 집 밖에는 이미 특무부대원들이 2중. 3중으로 포위하고 있었고, 집 안에는 무술 유단자인 심재홍 상사가 세 들어 사는 사람으로 위장하여 살고 있었다. 이런 사실을 눈치채고, 남도부는 별다른 저항 없이 체포되었다. 차진철의 증언으로는 남도부가 떠난 후 특무대에 의해 12월 31일게 창녕의 큰아버지 집에서 체포되었다. 그 뒤 귀순한 여빨치 손미라가 자신의 친구인 성혜분과 차진철이 오누이라는 것을 청도 경찰서에 말한 것이다. 청도 경찰서에서는 성혜분이 창녕에서 살고, 그의 오빠가 성일기라는 사실을 알게 된다. 그리고 성일기가 바로 남도부 부대의 참모장 차진철의 가명이라는 것을 알아내고, 공로를 창녕 경찰서에 넘기기 싫어 특무대에 그 정보를 흘렸다. 체포 후 특무대 염일춘은 차진철이 자수했다고 공표를 하였다. 차진철은 남도부 부대 참모장이 어떻게 자수를 할 수 있느냐고 생포로 바꾸어 달라고 했지만 염일춘은 성일기를 구명할 목적으로 그냥 자수로 상신하였다. 그래서 CIC 특무대장 김창룡의 전결로 자수가 되었다. 이후 차진철은 대구로 압송되어 특무대장 김창룡, 사상 검사 오제도, 특무처장 이진용에게 심문을 당하였지만 끝까지 버티었다. 그후 며칠을 침묵하다가 지금쯤 남도부가 대구를 떠났겠지 생각하고 대구의 친척집에 남도부가 있다고 귀띔해 주었다. 그런데 수사대는 이미 그 위치를 파악하고 있었다. 남도부는 대구에서 고물상으로 위장하여 그의 친척집을 기웃거리다가 잠복조에 의해 체포당하고 말았다. 재판과정에서 남도부는 54년 10월 14일 중앙고등군법회의에서 사형판결을 받았다. 이때 육군 참모총장 정일권 대장, 2군사령관 강문봉 중장, 서울지구 병사구사령관 허태영 대령, 특무부대 특무처장 이진용 대령이 남도부 구명 운동을 했지만 모두 받아들여 지지 않았다. 1955년 8월 어느 날 남도부는 육군 특무부대장 김창룡에 의해 서울 수색의 육군 사형집행장에서 눈가리개 없이 총살을 당하고 만다. 입회하였던 군인들이 유가족에게 전하기로는 남도부는 "인민공화국 만세!"를 외치며 죽었다고 전한다. 지리산 빨치산은 역사적으로 크게 세 번의 분기점이 있었다. 첫 번째는 여순 인민항쟁, 혹은 여순 병란이다. 1948년 10월 제주도 4.3항쟁을 진압하기 위해 여수항에서 출동하기 위해 대기 중이던 국군 14연대 하급 장교들과 사병들이 반란을 일으켜 여수, 순천, 구례, 곡성등을 휘저으며 지리산으로 들어간 사건이다. 이것이 본격적인 지리산 빨치산 활동의 출발이다. 이때 산으로 들어간 빨치산을 구빨치라 불렀고, 빨치산 중의 빨치산, 전설의 빨치산들이 바로 구빨치들이었다. 실제 빨치산은 200~300명 정도였다고 이 활동에 참여했던 사람들 대부분이 증언하고 있다. 그러나 두 번째 분수령은 바로 한국 전쟁이었다. 인천상륙작전 이후 전라도와 경상도의 인민위원회의 지지자들과 인민군들이 지리산

에 모여들어 대규모의 빨치산 부대가 형성된 것이다. 이때, 입산한 사
람들은 신빨치라 불렀다. 세 번째는 지리산 빨치산의 최대분수령인 대
성골 전투였다.

잠시 잊고 있었던 빨치산 이야기를 떠올려주는 세동 마을을 걸어
나오니 그리움의 시 한 수가 내 머리 위를 뒤따라 나온다.

지리산 세동 민박집

김숙자

기어올라 봐도
딛고 올라 봐도
바튼 숨 턱턱 차오르며
주저앉고 마는 아스라한 구백 고지
하늘아래 셀 수 없는 겹겹 능선 지리산
오죽하면 이곳에 빨치산이 진을 쳤을까

도대체
무얼 보며 살아왔을 가
무얼 믿고 살아왔을 가
치 떨리고 사지 오그라졌을
세동 마을 비탈진 그 민박집
빨치산 제3 중대 현장이라니

70세월 고스란히 껴안고
피비린내로 진동했을
구부 능선 그 고지에서
지금도 그냥 그대로
주름진 웃음 꿰매며

피붙이들 초연히 살고 있다

무서운 포성 소리에도
앞 뒷산 더 붉어진 수채화
단풍산이 달래줬나
식구들 양식 다 떼매가도
재너미 산이 위로해줬나.

사릿문에 추적추적 내리는 비
왜 나도 밤잠 못 이루는 가
눈물인 듯 콧물인 듯 흘러내리는
그 뜨거움은 도대체 무언 가
희끗희끗 은발로 만들어 내온
아침밥상 도토리묵 한 사발
눈물 절반 회한 절반
뒷목까지 컥컥 막혀온다

제10장

고독나무는 고요의 땅에서 자란다

엄천강 따라
'동강' 품에 안기다

인생 70 능선을 넘어가면서 아직도 비워내지 못한 게 너무 많은가 보다. 눈만 뜨면 아직도 내가 무엇에 그리 얽매이고 있는지 갑자기 물음표가 생긴다. 답은 두말할 것도 없이 내게 서두르지 말고 천천히 멈춰 쉬어가는 시간을 요구한다. 그래서 내 고향의 모태라 할 수 있는 거대한 지리산이 올가을 내 안으로 들어왔다. 나는 더 생각할 겨를도 없이 베낭을 짊어지고 동생과 함께 '지리산 둘레길'을 걸으며 유년의 뜰을 돌아보고 싶었던 것이다. 그것은 허허로운 칠십 세월에 부모님의 따스한 품이 몹시도 그리워서 인지도 모르겠다. 세상에서 가장 따뜻하고 너른 내 어머니 품 바로 '지리산' 젖무덤을 여유롭게 더듬어보고 싶었기 때문이다. 광활한 지리산을 다 품기엔 무리가 있어 더듬더듬 엄마 젖가슴을 더듬듯 둘레길만이라도 돌아보려고 길을 나섰지만 너무나 먼 당신이었다. 1코스에서부터 2코스를 돌고, 또다시 3코스, 4코스를 완료하고 나니 다시 쉼을 하고 싶어진다. 이제 마음처럼 몸이 따라 주지를 않는다. 그런데 그것도 모르고 앞도 뒤도 돌아보지 않고 무엇이 그리 바쁜지 정상만을 바라보며 세월만 뒤 쫓고 있었던 것이다. 이쯤에서 나는 잠시 멈춰서는 시간이 필요했다. 잠시 멈춰 서서 가을 지리산에 편히 안겼다. 그런데, 가을 지리산 품에서는 아직도 혁명의 냄새가 역력하다. 아니 그 기백이 시퍼런 소나무 숲에서 아직도 피비린내가 난 것 같다. 이렇게 한 치 앞도 보이지 않는 빼곡한 소나무 숲에서 한국전쟁 때 함양군을 중심으로 활동했던 빨치산들의 무시무시한 소행이 일어났던 곳이기 때문이다. 빨치산은 러시아어로 파르티잔이라고도 하는 노동자나 농민으로 조직된 비정규군을 일컫는 말이다. 이것이 이념분쟁 과정을 통하여 좌익 계통을 통틀어 비하하고 적대감을 조성하는 용어로 표현하여 빨갱이가 된 것이다. 육지에서의 본격적인 빨치산 활동은 여순 반란 사건에서 비롯되었다. 해방 정국에서 이곳 함양은 좌익의 세력이 대단했던 곳이라고 한다. 미군정이 들어와 적산을 몰수하려하자 이에 저항하던 인민위원회의 집회 때 경찰서 앞에 모인 군중이 4천 명 정도나 되었다고 한다. 이후 계속된 좌익 색출과 탄압은 이루 말할 수 없는 비극을 초래했었다. 한국에서는 주로 6.25 전쟁 전에 준동하였던 공산 게릴라를 빨치산이라 말하고 있는 것이다. 그러나 그 주둔지가 지금 걷고 있는 지리산이었기 때문에 이루 말할 수 없는 참상이 일어났던 곳이기에 아직도 그 피바람을 잊을 수가 없다. 그래서 이곳 소나무들은 서로가 서로에게 아직도 버팀목이 되어주고 있는 것이다. 서암정사 고개를 돌아 다시 벽송사를 넘어가며 내 뿜는 내 거친 숨소리를 들으며 무수한 소나무 숲을 넘고 돌아 나오니 누군가의 낮고 차가운 목소리가 들리는 듯하다. 그 목소리는 이 거대한 지리산의 품에서 단지 하나의 사물로서 존재하는 내 이름을 나직이 불러주고 있다. 그는 내가 더이상 다가갈 수 없는 자리에 나를 주저앉혔다. 여기에서는 어떠한 대상도 고요히 서 있거나 앉아있는 하나의 물상에 지나지 않는다. 그 격정의 수많은 세월이 지났는데도 저 우람한 소나무들의 들숨은 마침내 땅속의 먼 뿌리까지 닿고 그곳을 돌아 나온 힘찬 날숨은 소백산맥을 굽이치며 함께 출렁이고 있는 것이다.

벽송사의 마지막 오르막길을 넘어오면서는 숨이 차서 자주 주저앉았다. 살갗에 닿는 것은 시원한 바람이 아니라 따가운 가을 햇살이었다. 11월의 마지막 열기를 토해내는 몸부림 같았다. 감각이 무디어진 다리를 이끌며 얼마 동안을 오르고 또 내렸을까? 어느 순간엔 나도 몰래 숲의 정강이에 자주 주저앉고 말았다. 지리산을 몰라도 너무 모르고 무모하게 오르려고만 했다. 이제 소나무 앞에 앉아 편안히 내 몸을 맡겨본다. 소나무는 앞에서 뿐만이 아니라 내 등 뒤에서도 멋진 배경이 되어줄 줄 안다. 그래서 나를 버리지 않고 결국 우리가 되어가는 것이다. 지리산 소나무 숲의 광휘(光輝), 숨 막히는 그 거대한 존재감, 반짝임은 태양을 향한 소나무의 연서이다. 소나무는 그 눈부신 광채가 햇살의 반사광으로 소나무 숲의 정령이 뿜어낸 신비한 기운이다. 그 빛살 사이로 끼어든 바람, 그것은 바로 떨림이다. 시린 그 숲의 초록 빛깔은 아직도 청년과 같다. 수 백 년을 살아오면서 보이지 않아도 함께 존재하는 것. 들리지 않아도 함께 소리를 내는 것. 그러면서 이 거대한 자연의 품에서 내 이름을 불러주고 있다. 마치 울엄마가 나를 부르는 다정함으로 말이다. 동강으로 가는 길목에서도 능선을 넘었는가 하면 또다시 다른 능선이 기다리고 있다.

더이상 내가 다가갈 수 없는 자리에 나를 또 주저앉힐 수밖에 없다. 소나무들의 들숨은 마침내 땅속의 굳은 뿌리까지 닿고 또 그곳을 돌아 나올 힘찬 날숨은 온 산맥을 굽이치며 엄천강으로 출렁이고 있다. 이곳 동강으로 내려지나는 동안에는 그 어떠한 대상도 여기서는 고요히 서 있거나 앉아있는 하나의 물상에 지나지 않는다. 씩씩한 소리를 내며 흐르는 건강한 엄천강을 내려다보며 사철 기백이 푸른 소나무에 대한 시 한 수 남기고 싶다.

빨치산 야전병원이었던
벽송사를 지나며

벽송사를 지나며 그 옛날 아버지께 무용담으로 들었던 무시무시한 빨치산 이야기가 문득 떠오른다. 남한에서 최초로 자생적 빨치산 투쟁이 시작된 것은 일제 말기였다고 한다. 그러니까 1943년에서 44년 사이에 경남 함양군 백전면 일대의 괘관산이 그 효시라고 하셨다. 함양을 중심으로 서부 경남 일원에서 일제의 강제징용과 강제 징병을 피하기 위하여 장정들 10여 명이 주재소를 습격하여 소총 등의 무기를 탈취하여 괘관산으로 숨어 들어가 해방되기 전까지 맹렬하게 저항했다고 한다. 괘관산은 덕유산에서 영취산을 거쳐 솟아오른 백운산이 동쪽으로 뻗은 산맥이다. 조선 시대 안의와 함양의 경계를 남북으로 가르는 산줄기였다. 괘관산은 대봉산이라 불리었으나 일제강점기에 큰 인물이 나지 못하게 할 목적으로 괘관산이라 불렀는데, 최근에 다시 대봉산으로 산 이름을 재정비했다고 한다. 주봉인 천황봉은 천왕봉, 괘관봉은 계관봉으로 각각 개칭되었다고 한다. 대봉산은 백두대간이 지나가는 백운산의 동쪽 지맥 선상으로 소백산맥의 줄기를 형성하고 있다. 함양군의 뒷산으로 불리는 대봉산은 옛날 빨치산의 활동 거점으로 이용되었던 곳이다. 그러니까 남한 최초의 빨치산 투쟁과 그 현장인 괘관산은 지금까지 거의 알려지지 않았었다. 그러나 빨치산 거점이 1950년 6.25일 한국 전쟁이 발발하자 남한 전역에 걸쳐 활동하던 6개의 빨치산 총 부대들이 지금까지의 분산된 유격투쟁을 통합 지휘할 지휘 본부를 지리산에 설치하기로 하여 빨치산 하면 지리산을 떠올릴 수밖에 없다. 그리하여 남한 유격대 총괄부대인 '남부군'이 지리산에 탄생하게 된 것이다. 그 무시무시한 빨치산 부대가 지리산에 들어서니 자연히 빨치산 전투로 다친 사람들을 치료할 야전병원이 바로 이곳 벽송사 절터였다고 하니 그곳을 지나면서 몸이 으쓱으쓱 떨려오기도 했다.

그리움을 벗어놓고

김숙자

빨치산의 격한 숨소리 들릴 듯
목 밑에서 꾸역꾸역 토해 나오는
그 울창한 소나무 숲속에서
살아온 세월의 무게로 뒤따라온
그리움을 벗어놓고 온다

가쁜 숨 몰아쉬던 오르막길
바튼 숨 내뱉던 내리막길
힘겹게 오르고 또 오르던
무딘 발자국 자국마다
자욱이 쏟아져 내린 단풍비

부모님 한 생애 숨결만큼이나
빛깔 다른 서글픈 추억을
바람결에 조심조심 풀어놓고
사랑도 그리움도 추억도
겹겹이 쌓인 욕심도 분노도 다 내려놓고 가네.

하늘도 내다뵈지 않는 빼꼼한 솔숲
어디쯤에선가 환한 햇살 한 줄기
서암정사 석탑에 쏟아지는데

공비들 습격에 억장 무너지던
돌탑에 내려앉은 하늘가에
내 그리움 오롯이 벗어놓고 온다

엄천강 소나무야

김숙자

너는 사람보다 먼저
지구에 뿌리를 내렸을 생명이다.
푸른 네 깃발이 곧 너의 역사이고,
나는 너의 그늘에서 편안한 안위를 찾고 있다.

그 속에 먼 과거의 쓰라린 발자국과
핏빛 아우성도 잊지 않는다.
빨치산, 피아골의 아픔도 결코 잊지 않는다.
네 속에 빛나는 미래가 있음도

펄럭이는 잎새마다 푸른 꿈도
함께 흔들고 있음을 기억한다 소나무야.
네 푸른 깃발의 펄럭임이
영원히 지속 되기를 희망한다 소나무야.

제11장

올빼미는 눈물샘도 없다

치 떨리는 산청.
함양 사건(동강 수철구간을 지나며)
2023.3.4.~3.5.(2일간)

지리산 둘레길을 걷기 시작한 건 2022년 9월부터였다. 주말만을 이용해 둘레길을 걷다 보니 많은 구간을 다 걸을 수는 없었다. 지리산 둘레길을 많이 걷고 빨리 걷고는 내겐 별로 큰 의미가 없다. 이 지리산 둘레길 걷기를 통해 다시한번 내 고향의 숨결을 가슴에 안고 싶었다. 그리고 한세월 이곳 지리산 지역에서 태어나서 다시 지리산 품으로 되돌아가신 부모님이 그리워져서 그리움으로 이 길을 걸으며 만나보고자 한 걷기이다. 아주 천천히 내 고향 지리산을 추억하고 부모님이 그리워지는 지금, 이렇게 느긋하게 추억의 길을 걸어보고 싶은 것이다. 보고 싶고 가고 싶을 때만 찾아와 걸어도 그냥, 정겹고 포근하다. 나는 더더구나 속도전보다는 부모님이 보고 싶고 그리울 때면 찾아와 그 따스한 품에 안기고 오는 것이다. 그래서 지리산 둘레길 걷기가 급할 것도 없고, 꼭 어느 구간을 빠트린다고 해서 섭섭할 것도 없다. 지금까지 부모님께 다 전해 듣지 못하고 부모님과 못다 나눈 이야기도 이 둘레길을 자박자박 걸으며 추억에 젖고 싶기 때문이다. 작년 가을부터 걷기 시작해 어느새 한 해가 바뀌고 또 새봄이 오고 있다. 3월이 시작되었어도 아직 날씨는 쌀쌀하다. 그래도 다시 그리움의 첫 발길을 내딛어보고 있다. 겨울 동안 별다른 변화는 없겠지만 따뜻한 햇살이 비치는 양지쪽엔 아마도 쑥 냉이도 돋아나올 테고, 빠르게는 매화꽃 향기도 맡을 수 있으리라. 그리고 가장 기대가 큰 것은 작년에 서암정사에 들렀을 때 단풍은 너무도 아름다웠지만 대웅전 앞에 심어져 몸이 굵을 대로 굵어져 나목이 되어있던 '황목련' 꽃이 제일 궁금하다. 이번 둘레길은 함양 끝자락에서 '산청군'에 속해있는 둘레 길을 걷게 되겠지만, 서암정사의 '황목련'이 필 즈음엔 다시 돌아와서라도 꼭 그곳에 한 번 더 찾아가리라. 젊은 시절 우리 어머니께서는 유난히 색감에 조예가 깊으셨다. 그래 그런지 어머니가 차려입으신 옷들은 색깔이 주황에 가까운 겸양색으로 주홍도 아니고 노랑도 아닌 아주 오묘하고 너무도 아름다운 색감이다. 내 어머니를 떠올려보면 야리야리한 몸매에 한복이 그렇게 잘 어울릴 수가 없었다. 그런 까닭인지 가지각색의 아름다운 옷감을 필로 감아 꾸며놓고 포목상회를 하신 적도 있었다. 그때 보았던 아름다운 어머니 한복 색깔들이 늘 내 눈에 아른거린다. 그 중에서도 우리 어머니께서 주로 잘 입으셨던 연한 철쭉 색 한복을 입으실 적이면 천사가 따로 없었다. 그리고 주황색 두루마기와 한복 위에 멋스럽게 걸치시던 아름다운 '배자'를 입으신 모습이 기억에 오래 남는다. 그래서 못 보고 떠나온 '황목련'이 내 어머니 모습 같아 그렇게 그리워진 것이다. 황목련은 여지껏 내가 구경을 못해 봤다. 혹시 다른 구간을 걷다가도 황목련이 머물었다든지 필 때 쯤은 꼭 서암정사에 다시 찾아

가리라. 내가 찾아간 늦가을엔 이파리를 죄다 떨궈 버린 나목만 보고 와서 그 가지마다 피어오를 멋진 황목련을 내 눈으로 보고, 품에 꼬옥 안아보고 오고 싶다. 마치 우리 어머니와 4년 만에 기쁘게 조우하듯이 말이다. 오늘은 산청군에 첫발을 내딛는 날이다. 지난가을 금계에서 동강마을을 끝으로 걷기를 끝마쳤는데, 이번엔 그 끝 지점 동강에서 수철 구간을 걸을 예정이다. 동강마을에서 점촌 마을을 지나니 '산청 함양 사건 추모공원'이 보인다. 가던 발길을 잠시 머물고 그곳에 참배를 하고 가야겠다. 지리산을 걷지 않았을 때에는 아무것도 몰랐던 사실을 이곳 산청. 함양을 걷고 지나며 알게 된 산청. 함양 양민 학살사건은 너무나도 끔찍스럽고 몸서리쳐지는 일이었다. 우리 군대가 양민을 지키라고 주둔한 군대가 아무 죄도 없는 양민을 이리도 무자비하게 학살시켰다는 사실에 치가 떨린다. 너무도 엄청난 사건이었다는 것을 이곳에서 뼈저리게 느끼고 있다. 이곳 산청, 함양, 거창을 걸으며 맞닥트린 '산청, 함양. 거창 양민학살 사건'은 너무나도 잔인한 민족의 비극이었다. 북한 군대도 아닌 우리 군대가 저지른 과오 중 도저히 씻지 못할 과오를 저지르고 만것이다. 이 사건은 한국전쟁 발발 이후 1950년 9월 25일은 빨치산 토벌을 목적으로 육군 제11사단(사단장 최덕신 중장)이 창설되고 9연대장에 오익경 대령, 3대대장에 한동석 소령이 임명되었다고 한다. 그리고 사단 사령부 및 9연대, 13연대, 20연대 등은 미 9단장의 작전 지휘를 받게 되어있었다고 한다. 그런데 1950년 11월 29일 남원에서 열린 사단본부 참모회의에 참석하기 위해 지리산 '고동재'를 넘던 미 군사고문단의 리 대령과 장교 2명, 사병 28명이 적에게 공격당하여 사망한 사건이 발생하자 육군 11사단 9연대는 공비들에 대한 강한 적개심을 갖게 되었다고 한다. 그 후로 남원 지휘관 회의에서 대대적인 공비 토벌과 초토화 작전이 수립되었다고 한다. 정말 이런 끔찍한 결과를 가져온 '함양. 산청. 거창 민간인 학살사건'이 일어났던 이곳을 지나치려니 다시 몸서리가 쳐진다. 내가 어렸을 때, 남원 외할 아버지가 이 사건을 잠시 들려주셨지만 그땐 도무지 그 말이 무슨 말 인지 하나도 알아들을 수가 없었지만 지금 70 나이가 넘은 지금에서야 조금 이해할 수가 있을 것 같다. 다시금 몸서리가 쳐진다. 그때 그 시 절 우리 할머니 할아버지, 그리고 우리 엄마 아버지는 얼마나 이런 끔 찍한 공비 사건에 치를 떨었을까? 그 사건 때문에 하루 이틀도 아니고 날이면 날마다 밤이면 밤마다 토굴 속에서 두려움에 떨며 무서우셨을 까? 이번에야 또렷이 그 진상을 목격하니 나도 치가 떨린다. 내가 지리 산 둘레길을 걷지 않았더라면 아마도 경악을 해도 분이 풀리지 않을 이 분노가 그저 옛날이야기 정도로 내 기억에 남아있었을 것이다.

부모. 그 짓푸른 강

김숙자

진한 골육 다 빠져나간
허허로운 그 영혼의 숲
쓰리고 아리길 그 몇 날이었던 가
하늘 꺼지며 새까맣게
타들어간 부모 애간장
한숨 새끼 몇천 발 꼬았을까

겉으론 처연한 척
웃고 나온 꽃이파리
삭은 밑동에 가려진 버껍데기
문드러진 그 가슴 속 모르고선
부모 속 안다고 나불대지 마라

짙푸른 강 성난 파도
떨리는 뱃사공의 노
눈물겨운 가시고기 부정
그 거룩한 이름 알기 전엔
네 입 뻥긋도 하지 마라

제12장

멈춰야 할 때 멈추는 게 진정한 용기이다

산청. 함양 사건 추모비 앞에서다

'견벽청야'에게 묻는다

산청. 함양 사건 희생자 합동묘역에 다다랐다. 한국전쟁 중이던 1951년 2월 7일 국군 11사단 9연대 3대대가 지리산 공비 토벌 작전인 '견벽청야'라는 작전을 수행하면서 산청군 금서면 가현, 방곡 마을과 함양군 휴천면, 점촌 마을, 유림면 서주 마을에서 무고한 민간인 705명을 학살한 역사의 현장 앞에 서 있다. 이때 산청. 함양지역에서 억울하게 희생된 영령들을 모신 묘역이 바로 이곳이다. 합동묘역 조성과 위령탑 건립은 1996년 1월 5일 거창 사건 등 관련자 명예 회복 심의위원회의 사망자 및 유족 결정에 의해 이루어진 것으로 2001년 12월 13일 합동묘역 조성 사업 착공 이후 4년에 걸친 공사였다. 이 묘역에는 모두가 경건한 마음으로 어떤 경우에도 국민은 하늘과 같고, 역사는 정의의 편에 있으며 인명은 절대의 가치가 있음을 우리 후손에게 남겨주고 있는 평화와 인권의 소중한 가치를 되새기는 산 역사 교육장이다. 복예관은 영문도 모른 채 억울하게 학살당한 영혼들이 명예 회복을 위해 노력한 그 아픔이 고스란히 느껴진다. 아직도 지울 수도 아물 수도 없는 모두의 슬픈 역사에 영문도 모른 채 학살당한 영혼들의 기막힌 아픔의 사연을 간직한 채 어언 80여 년의 세월이 흘러갔다. 살아남은 유족들은 진혼곡에 향을 사르며 이제야 혼백이라도 위로하고 넋을 달래고 명예를 회복해야 한다는 의미로 복예관을 세웠다고 한다. 피투성이인 채, 옷도 갈아입지 못하고, 관 하나 제대로 모시지 못한 채 버려지다시피 땅속에 묻혀버린 원통의 세월 반백 년, 억울하게 가신 님들이 푸른 하늘 아래 우뚝 세운 위령탑을 바라보며 70여 년 동안 묻혀왔던 한스러운 이 사건이 뒤늦게나마 밝혀져 이승의 원한을 풀고 이곳에서 편히 영면하라는 뜻에서 이 탑을 세운 것이다. 산청, 함양 사건 역사교육관에 들어섰다.

　'제1전시실'에는 아직도 눈물이 마르지 않는 어머니가 품속에 고이 잠든 어린 자식을 안고 애통해하는 모습이 형상화되었다. 부무장무저항의 민간인을 재판이나 적법 절차를 거치지 않고, 무차별하게 살해해버린 비인도적인 범죄 행위를 고발하고, 인간의 존엄성을 깨닫고 다시는 이 같은 비극이 일어나서는 안 된다는 사실을 깨달았다. 이곳에서 4개 마을의 사건 현장을 재현해 놓은 모형 앞에서 바라보는 내 눈에서도 피눈물이 하염없이 쏟아졌다. 문바위 모형, 재판 모형, 마을 방화홀로그램, 사건 증언 영상실, 살아생전 남기고 싶은 말씀 영상물, 그 당시 탄환 및 총기 전시물, 사건 관련 자료 전시물 등을 샅샅이 살펴보았다. 한국 전쟁 이후 민간인 학살 영상물을 처음으로 바라보며 아픈 이곳의 과거 역사를 기억해보며 다시는 이와 같은 반인륜적 범죄 행위가 일어나지 않도록 후세들에게 역사의 산교육장으로 잘 활용되었으면 좋겠다. 제2전시장으로 발길을 옮기자 이곳에는 민간인 학살 당시 산청. 함양지역 주민들이 살아온 평화로운 생활 터전인 마을 풍경과 삶의 모습을 재현해 놓았다. 이 전시실에는 사건 당시 초가집을 복원해 놓고, 생활용품, 농기구들이 그대로 전시되어 있다. 그분들이 살아온 역정과 사건 당시의 마을 풍경들을 정감 어린 닥종이 공예로 재현해 놓았다. 또, 사건 이후 유족들이 어렵게 살아나온 삶의 이야기들을 녹음 된 증언으로 직접 듣고서는 마음이 아려 이곳을 떠나오기가 어려웠다.

산청 금서면 가현 양민 학살장

11사단 9연대 3대대 2개 중대는 '수철'리에서 하룻밤을 보낸 다음 2월 7일 새벽 5시경 가현을 향해 나섰다. 작전 명령 제5호에는 "미복구 지대의 적 수중에 들은 주민들은 전원 총살하라"를 집행하기 위해 행군을 시작했다고 한다.

봉산 등성이 새터를 지나 대밭골을 지나고 해발 923.2m 왕산을 보면서 6시경 고동재를 넘어갔다. 가현 마을 솔밭 언저리에 당도하여 중대장의 지시를 받고 난 다음 7시경부터 5, 6명씩 한 조를 짜 놓았다. 그런 다음 40여 가구를 수색한 다음 주민을 전원 집합하여 뒷동산으로 몰고 갔다. 군인들은, 화랑부대, 완장을 차고 있었다고 한다. 그런 다음 뒷동산을 넘어 주민들을 향해 총을 겨누며 압박하고 그들을 낭떠러지로 몰아쳤다. 어린애들은 떨어져 사람 틈에 깔려 죽고, 어머니는 팔이 부러졌다. 마을은 즉시 화염에 휩싸여 불기둥이 치솟는 상황에서 군인들은 주민들을 논바닥에 4열 횡대로 앉혀놓고 마구 학살을 했다.

그때 생존했던 고 윤한영씨의 증언에 의하면 아들은 맨 바깥쪽이었고, 그의 어머니는 3열 바깥쪽에서 두 번째 앉았었다고 한다. 1차 사격 후 사람들이 마구 뛰자 즉시 확인 사살을 했는데, 이때 어머니의 허리에서 내장이 흘러나와 논바닥으로 홍건하게 미끄러져 나갔다고 한다. 이때 어머니의 무게가 피범벅으로 느껴졌다. 그 뒤로도 군인들은 사정없이 확인 사살을 했다. 방곡 쪽에서도 연발의 총소리가 천지를 무너뜨리는 소리로 들려왔다. 눈앞에는 눈 뜨고서는 도저히 보지 못할 현상이 즐비하게 나타났다. 턱만 남아있고, 얼굴은 무너져버린 사람들이 숱하게 앉아있는가 하면 일부는 몸체가 화염에 덮여 있고, 일부는 시체가 다 타서 검정 덩어리만 남아있기도 했다. 고 최금점씨의 증언으로는 어머니 치맛자락을 붙들고 있던 나를 어머니가 숨 막히도록 나를 껴안은 순간 천지를 뒤덮을 듯한 총소리가 들리고 나는 바로 정신을 잃었다고 한다. 한참 후 깨어나보니 어머니 머리는 온데간데가 없고 피범벅 된 몸둥이만 나를 안고 엎어진 채로 있었다고 했다.

산청 금서면 방곡 양민 학살장

11사단 토벌대는 마치 구세주처럼 나타나 지금 빨치산과 전쟁을 붙게 되니 피난을 가야 한다고 회유해 집을 빨리 빠져나오도록 유도를 했다고 한다. 그러나 가옥을 불사르고 주민을 학살할 때는 그들은 인간이 아니라 인간 사냥을 하기 위한 마왕의 군대 같았다. 한 사람도 남김없이 주민을 살해해 마왕의 총애를 받고 싶어 날뛰는 마왕의 군대나 다름없었다. 당시 생존했던 정재원씨의 말에 의하면 당시 1차 사살 때 까지는 절반가량은 죽지 않았다. 그때 살아있었던 어린 꼬마는 어쩐일인지 총 한 방도 맞지 않았다. 그러나 2차 확인 사살 때 그의 어머니는 가슴에 정통으로 총알을 맞았고, 동생은 항문에서 머리를 뚫고 나오는 관통상으로 그 자리에서 즉사했다고 한다. 기름을 부어 불을 지르자 삽시간에 불길은 시체 더미에 옮겨 붙었고, 나에게도 불길이 올라와 견딜 수가 없어 벌떡 일어나 뛰기 시작했다. 그때 귀청을 뚫는 총소리가 울려왔다. 한 발은 허벅지를 관통했고, 또 한발은 배를 스쳐 지나가고, 또 한 발은 발바닥에 박혔다. 그러나 기적이었다. 모진 목숨이었다. 그 가족들 열 명 중 일곱 명이 잔악무도한 놈들의 총탄을 맞고 비운의 현장에서 모두 죽어갔다. 그 사건을 계기로 몇 주일 동안을 견디다가 간신히 어느 의술인의 도움으로 목숨은 구하게 됐다. 그야말로 파란만장한 고난의 연장선상에서 가지가지 고비를 극복해야 하는 삶을 살아야 했다. 산청군 오부면에 살았던 민중식은 그 난리 통에도 어머니, 누나, 어린 동생이 둘이었는데, 하나는 갓 태어난 젖먹이었다. 가족들은 설마설마 했다. 그러나 군인들은 더 살기가 등등하여 내가 눈을 떴을 때는 온통 주위가 시체 더미였다. 그때 그는 울면서 어머니를 찾아 일어서려 했으나 일어설 수가 없었다. 열 살 난 나의 두 발목이 카빈 소총 탄환에 날아가 버렸던 것이다. 복사뼈 아래가 없어져 버리고, 한없이 피가 흘러내렸다. 그리고는 정신을 잃고 말았다. 김분달 씨 증언에 의하면, 그 군인들은 아낙네들 보는 앞에서 남자들을 먼저 죽였다고 한다. 손가락이 잘려나간 그는 안고 있는 다섯 살 딸 아이의 머리를 또 관통해 버렸다니, 그 무자비한 공비들도 임신한 여인네나 어린애들에게도 마구 총질을 하여 사람을 짐승처럼 죽였으니 인간이라 할 수가 없었다. 산청군 방곡에 살고있는 정정자 씨도 오른팔이 잘

리어나간 것처럼 뜨금 해서 옆에 있던 엄마를 부르는 순간, 비명을 지르며 내 옆에서 넘어지셨고, 그 뒤로 나는 허벅지 관통상을 입고 난 뒤 기절했다고 한다. 고 배성준 씨도 집은 다 불타버리고, 주검 더미에 묻혀 있다가 살아났다고 한다. 그를 제외한 가족 다섯 명도 모두 숨지는 사고를 당했다고 한다.

산청 금서면 점촌 양민 학살장

방곡 마을 212명을 학살한 군인들은 다시 아랫마을 함양군 휴천면 동강리 점촌 마을로 내려갔다. 군인들은 주민들을 동네 우물가로 모이게 한 후 20여 호 되는 집을 다 태우고, 주민 60명을 이유 불문하고 모두 사살했다. 확인 사살로 전원 사망, 사람의 탈을 쓰고, 할 수가 없는 인간 살육을 9연대 3대대는 마음 놓고 자행했다. 확인 사살로 주민 모두가 사살되어 증언 채록을 할 수가 없었다.

이곳의 진상을 증언해준 강정희씨는 전 군의원이었다. 서주리는 유림면에 속하고, 경호강 변에 있다. 오전 11시경 마을 1천여 명 주민들은 서주 강변 둔치에 운집되어 군인들에 의해 살자와 죽을 자를 뽑는 심문을 받았다. "남편, 어디 갔어? 산에 갔지? 거짓말 마. 네 아들 어디 갔어? 너 빨갱이지?" 그네들은 마음대로 질문해 뽑았고, 심문 내용도 별 것 없었다. 자기네들 기분대로 살 사람과 죽일 사람을 고르는데, 인상착의와 동물적 직관이 선별적 척도였다. 그 당시 고 김성곤, 이상렬, 송진연 씨의 증언에 의하면 그 날 오후 4시쯤 동청벼리 쪽으로 학살 행진이 개미 대열처럼 쏟아져 내려오고 있었다. 가현, 방곡, 점촌, 묵은터, 자혜리를 거쳐 지곡 손곡을 지나서 이제 마지막 학살 현

장으로 개선장군처럼 오고 있었다. 무장한 학살 부대가 현장에 도착하
자. 상황은 살벌해졌고, 뽑히지 않은 수백 명은 화촌에 있는 유림 지서
쪽으로 가라고 명령했고, 뽑힌 사람은 그곳에 군인 장정 20명이 집단
학살할 구덩이를 파놓은 곳으로 끌고 가 총 개머리판으로 두드려맞고,
발길질에 밀리어 수백 명이 한꺼번에 무너지듯 쓸려 들어갔다.

쓰러지고, 고꾸라지고, 뛰다가 주저앉은 아비규환의 신음 속에 드
르르륵 기관총 소사가 시작되고, 수류탄이 폭발하는 굉음, 그리고 수
백 명의 사체 더미에 불을 질러 만행을 덮으려 했다. 피 묻은 살덩이가
나뭇가지에 걸리고, 살 냄새, 피 냄새, 타버린 뼛조각 들, 단 10여 분간
의 참담한 만행이 천지를 뒤덮었다. 그 뒤부터 이 증인들은 물론 모든
유가족들의 삶은 상상을 초월하는 고역을 겪으며, 간신히 목숨만 보전
하는 삶을 살아야 했다. 손곡리, 무지리 마을에 거주한 특수 군인 양씨
의 협조로 학살자를 선정하였다는 증언도 있었다. 정말 군인의 탈을
쓰고 견벽청야를 시행한 11사단은 정말 석고대죄하며 이곳 산청 함양
양민 학살사건에 연루된 국민 앞에 백배 천배 사죄해야 옳다. 공비 토
벌대 11사단장 최덕신은 '견벽청야 작전'이라는 무자비한 작전을 내 세
워 무수한 양민을 학살한 죄를 무엇으로 갚을 것인지? 하늘이 알고 땅
이 아는 이 무고함을 부디 깨끗이 벗겨내야 할 것이다. 우리도 잊어서
는 안 될 것 같다. 1951년 2월 7일 산청군과 함양군 지역에서 '지리산
토벌 작전' 중이던 국군들이 수 백명의 주민들을 '통비분자'라는 누명
을 씌워 양민을 총살 시킨 '산청. 함양 양민학살'사건은 우리나라 역사
상 가장 참혹하고 충격적인 사건이었다. 그러나 그 진실을 외면한 채
수 십 년의 세월을 '통비분자'라는 누명을 씌우고 억울한 죽음으로 내

몰았던 우리 대한민국이라는 국가가 '특별법'을 만들어 그들의 명예 회복과 합당한 보상을 하여 억울하게 생을 마감한 선량한 양민들의 원혼을 꼭 풀어주어야 할 것이다.

거창 주민 학살사건

지리산 공비 토벌 작전이란 한국 전쟁 후 월북하지 못하고, 빨치산으로 남아있던 지리산 지역의 공비들을 토벌하기 위한 군 경 합동 작전을 말한다. 1950년 10월경 미처 후퇴하지 못한 북한군의 낙오 부대와 낙오병들이 대량으로 발생했고, 이들 대부분은 국군과 유엔군의 포로가 되었지만 그래도 일부는 각 지역의 산악 지대로 잠적하여 그곳에서 현지의 부역자 등과 합세하여 새로운 비정규전 조직을 구성하여 전쟁 기간 중 후방에서 우리 국군들을 교란시켰다. 이들은 모두 2만 5천 명 정도 되었고, 지리산이 북한군의 점령지역에 있었던 기간중에는 병력 보충부대의 역할을 하였으나, 지리산이 고립되자 산악지역을 따라 이동하면서 거창까지 파고 들어왔다. 지리산 지구에서는 제11사단이 작전을 수행했다. 1950년 10월경부터 1953년 5월까지 31개월에 걸친 토벌 작전을 전개했었다. 이러한 공비 토벌대라는 이름의 주민토벌대는 세상에서 가장 힘든 노동이며 더더욱 피땀 흘리는 고통이었다고 증언한다. 이 중위는 하루의 작업을 끝낸 뒤의 보람을 만끽하라고 배려한 잔치인지라 초저녁부터 시작한 술판은 자정이 넘어서야 겨우 손발을 털고, 마침내 닭털 침낭에 몸을 쑤셔 넣고, 수면에 돌입했다. 남이 보기에는 깊은 수면을 하는 것처럼 보이지만 실은 이들의 수면 역시 대낮에 땀 흘리며 작업에 시달리던 고통의 연장 선상에서 헤매는 고통의 연속에 지나지 않아 벌떡 일어나 그들의 멱살을 움켜쥐고 잡아 먹을 듯이 덤벼든다. 토벌대라는 이름표를 달고, 온갖 수고와 고통을 아끼지 않았지만 너희 토벌대는 우리와 무슨 사무친 원한이 있어 우리 양민을 마구잡이로 잡아 눕히느냐? 라고 항변하며 멱살을 움켜쥐고, 입으로 집어삼킬 듯 덤벼들기 때문이다. 낮의 피로가 누적되어도 깊은 잠을 이루지 못하고, 아침 9시가 넘어서야 겨우 닭털 침낭을 빠져나온 토벌대는 생초 아주머니들이 동원되어 준비한 아침 식사를 허겁지겁 먹어치웠다. 억지로라도 배를 채워두지 않으면 그들의 일과에 차질을 빚을 수 있기 때문이다. 이 중위는 곡식과 가축을 운반한 일꾼과 아침 을 짓느라 노역에 동원된 일꾼들을 모아놓고 옴짝달싹도 하지 못하게 쐐기를 박는다. "너희들 중에 생초 국민학교에서 있었던 일을 뻥긋하 는 날이면, 너희들을 모조리 참살할 것이다. 우리는 삼천리 강산에 발 을 붙이고, 사는 아무도 겁날 것이 없는 이 대통령 특명을 받들고 다니 는 군인이다. 만약에 본관의 말을 허투루 듣고, 나발을 불고 다녔다가 는 면장을 비롯해 면민 전체를 쑥대밭으로 만들 수도 있는 인간토벌대 란 말이다. 본관의 말이 무슨 뜻인지 알겠나?" 이 중위가 두 눈을 왕방 울처럼 굴리며 호통을 친다. 이에 감짝 놀란 주민들은 "예, 잘 알겠습 니다."라며 비를 흠뻑 두드려맞은 수탉처럼 목을 움츠린다. 최남철 등 여러 일군은 이 중위 앞에서 남은 물론이거니와 자기 가족에게도 비밀 을 누설하지 않겠다는 맹세를 한 뒤에야 가까스로 풀려났다. 그제서야 한동석 등 3대대는 새로운 작업을 펼칠 작업장으로 출발하기 위한 작 전을 하달하고 받는다. "어젯밤에는 꿀잠을 잤나?" "예, 꿀잠을 잤습니 다." "좋다, 본관의 작전 명령이 끝나면 우리 부대는 생초를 벗어나 오부로 이동해 그곳에 집결한 중대와 함께 신원면으로 곧장 진격할 것이다. 그리고 오늘은 숙면을 취하라. 내일 작전을 차질없이 수행하기 위하여 수색대를 파견해 적을 염탐한 뒤에, 내일 아침 점호 시에 새로운 작전을 하달할 것이다. 그러니 오늘은 서둘 필요 전혀 없으니 완보하라. 본관의 말뜻을 알겠나?" "예, 알겠습니다." 대대장의 작전 지시는 작전개시가 아니라, 하루동안 작전 보유인 셈이다. 토벌대는 자기네들의 설날은 오늘인 것처럼 기분이 한껏 고무되었었다. 그래서 이들은 생초를 벗어나는 순간부터 마치 나들이를 하는 행락객처럼 삼삼오오 작은 무리를 이루어 시시덕거리며, 오부를 거쳐 신원으로 가는 산속에서 행군을 멈추었다. 한동석은 토벌대를 정돈시켜 놓고, 또 짤막한 훈시를 했다. "오늘 행군은 이 정도로 마무리를 하고, 오늘 밤은 이곳에서 야영을 한다. 이미 주지하다시피 이 지역 또한 아군이 완전히 확보하지 못한 해방구라는 미수복지구이다. 그러므로 취침은 자유롭게 하되, 사주 경계를 철저히 하지 않으면, 너희들 목이 언제 달아날지 모르는 적지라는 사실을 명심해야 한다. 그러면 지금부터 취사준비를 하되, 연기가 멀리 퍼져나가지 않도록 유의해라. 이상" 해방구라기 보다는 아직도 가끔 공비가 출몰할 수 있는 위험지역이기 때문에 경계를 풀고, 군기가 해이해질까봐, 노파심에 경계를 철저히 해야 한다는 지시였다.

거창 청연골 학살

1951년 2월 8일 새벽 6시 '작명 제6호' 작전을 수행하기 위해 3대대는 완보로 행군하여, 9일 오후에 덕산리 청연골에 도착했다. 이들은 산청. 함양에서 그랬듯이 이런 조그마한 마을은 전쟁을 한다며 피난을 가야 한다고 밖으로 끌어내어 집을 불살랐다. 그리고 전 주민들을 눈이 쌓인 논들로 끌어내어 갓난애를 비롯하여 일흔이 넘은 노인에 이르기까지 기관총 및 각종 총기로 무차별 학살했다. 청연골에서 남녀노소를 막론하고, 전 주민 884명을 무차별하게 학살을 했다. 도망치는 거 야포와 굶주림, 추위 등으로 실신 상태에서 24시간 감금되어, 토벌대의 총대에 맞아 그 자리에서 실신하는 주민이 많았다. 학살 현장으로 가는 도중에도, 군이 계속 총기를 난사해 도로변에서 16명이 학살당했으며, 2월 11일 괴정리 박산골에서 주민 517명이 학살당했다. 사건 발생 당시에 토벌대들이 마을 근처에 주민을 모아놓고, 사살할 때, 기적적으로 살아남은 주민들의 증언에 따르면 산청, 함양, 거창 차례로 돌면서 3개 주민 1,400여 명을 잔인하게 학살했다고 한다. 신원면에서 상학 등 일단의 주민이 토벌대를 피해간다고, 접어든 산길이 하필 토벌대가 들이닥치는 길목이었다. 가다가 군복 차림의 토벌대에 덜컥 붙들리고 말았다. " 이 개새끼들, 너희들은 이불을 챙겨지고 어디를 도망치는 거야?" 그러자 상학은 별안간 조카가 머리에 떠올랐다. "선상님들 우리 집은 묵고 살길이 막막해서 작은집에 순경으로 근무하는 조카네 집에 가서 며칠이라도 기대볼라고 가는 중입니다." "이 새끼, 거짓뿌렁 아니야?" "저는 배운 건 없어도 거짓말 할줄은 모릅니다. 우리 집 조카가 박영춘인깨, 신원지서에 가서 물어보면 알낍니더." 말을 들어보니 거짓말을 할성 싶지는 않았다. "이 새끼들 너희는 은인을 만난 거야, 그러니 개수작 부리지 말고, 여기 죽은 듯이 엎드려 있다가 밤이 되거든 집으로 돌아가라." "예. 알았구만유, 이 은혜 백골 난망이구만유."

상학은 코가 땅에 닿도록 엎드려 큰절을 하고, 그들이 시키는 대로 바위 뒤로 걸어가서 몸을 감추었다. 토벌대는 청연부락과 마찬가지로 마을 사람들을 피란시킨다는 구실로 마을로 끌어내고, 무차별 사격을 해서 삽시간에 해치우고, 신원국민학교로 진군한다. 신원 국민학교는 때 아닌 피난극이 펼쳐진다. 신원면 중유리, 와룡리, 대현리, 주민들 1,000여 명을 피란시킨다며 교실마다 사람을 꼭꼭 채우고는 아무도 빠져나가지 못하게 자물쇠를 채웠다. 토벌대에 엉겁결에 끌려나오다 보니, 입은 입성도, 허술할 뿐 아니라, 덮을 이부자리도 변변치 못했다. 어른들은 그들의 행패가 무서워 입도 달싹 못하고, 침묵을 지킬 수밖에 없었다. 하지만 어린애는 세상 물정을 모르니, 추운 아이는 춥다고 울고, 배고픈 아이는 배가 고프다고 삑삑 울음을 터트렸다. 창호지로 발라놓은 교실문은 누가 찢었는지 찢어진 문구멍으로 눈산을 쓸다 내려온 찬바람이 사정없이 교실을 휘젓는다. 이 와중에도 교실 한쪽 구석에서는 초저녁부터 만삭이 된 배를 틀어 안고, 생땀을 줄줄 흘리는 아낙도 있었다. 문홍한의 아내 등골댁이 방구석을 헤맨다. 그녀가 진통을 못 참아 오만상을 찌푸리며, 죽음을 목전에 둔 듯 몸부림을 치고 있으며, 홍한은 남편 도리를 하기 위해 우리 애편네 좀 살려달라고 통사정을 해 보지만 교실 바닥에서 해산을 하라 할 수 없어 숙직실로 자리를 옮겨 주었다. 방안에서는 홍한의 어머니가 치마를 부욱북 찢어서 문고리에 매어주니 홍한의 아내는 이내 핏덩어리를 땅에 쏟아낸다. 당장 교실로 돌아오라고 할까봐 걱정이 태산 같던 홍한은 산모 덕분에 잠깐이라도 눈을 붙일 수가 있었다. 이런 기적 같은 사례는 거창 양민학살사건에서 유일무이하게 건진 보석 같은 미담이다. 그러나 교실에 갇힌 주민들은 대소변을 참다가 옷에 지린 사람도 많은지라 지린내 구린내가 교실에 진동했다. 교실에 남은 사람들은 토벌대의 눈 밖에 난 사람들이다. 죄수 아닌 죄수의 신세로 끌려가는 중에도 틈만 나면 도망갈 궁리를 해 보지만 십여명 사이마다 총을 든 토벌대가 끼어들어 주민들을 엄중히 감시하고 있었다. 주민들은 온갖 소리로 용서를 빌어도 앉아서 돌아가는 것은 주검뿐이니 모두 넋을 잃고 이미 초죽음이 된 듯 지옥과 현실 사이를 오고 가며 황당하기 그지없었다. 그 와중에서도 마지막까지 정신줄을 놓지 않고 있는 당찬 주민도 있었다. 조길동 목사네 가족이 그랬다. 조 목사는 가족과 주민들에게 눈을 감으라고 하며, 무릎을 꿇고 앉아서 최후의 만찬 같은 엄숙한 목소리로 하느님에게 기도를 한다. "하나님, 아버지 저희 무고한 주민을 저들 토벌대의 시험에 들지 않게 하시고, 아버지께서 끝까지 죄없는 주민에게 자존심을 잃지 않도록 굽어살펴 주옵소서."라는 기도가 채 끝나기도 전에 대대장의 명을 받은 토벌대들이 일시에 방아쇠를 당기고, 기관총이 불을 뿜는다. 그와 동시에 손에 쥐고 있던 수류탄이 주민을 덮친다. 주민들은 단발마의 비명을 지르며 그 자리에 고꾸라지기도 하지만 총알을 섣불리 맞은 주민들은 무작정 도망을 치려고 비틀대며 도망 치기도 하지만 이들은 이미 토벌대의 손바닥 안에 든 생쥐에 불과한 것이다. 총탄이 난무하자 아비규환의 지옥으로 돌변해 버렸으니 양심이 손톱만큼이라도 붙어있는 사람이라면 속울음을 삼킬 듯도 하지만 이들은 이미 대대자의 하수인으로 전락한 살인자에 불과한 것이다. 이미 그들은 인간이 아니라 악귀로 전락한 무리에 지나지 않는다. 아직 숨이 붙어있는 주민들을 발견하면 가차 없이 방아쇠를 당겨버린다. 그럴즈음 통신병들은 대대장이 지켜보는 가운데 대대장이 적어준 쪽지를 들고 공비 토벌 전과를 축소해 발표한다. 공비 토벌대는 축소해서 보고하는 게 참 기이한 현상이라 생각된다. 거창 양민 학살사건에 관한 증언은 여러 피해자나 직접 목격한 사람들의 증언이 있을 수 있지만 산청. 함양 사건과 연관 지어 판단해보면 차규석의 '남부군과 거창 사건' 저서에서 증언한 손기두의 증언은 산청. 함양 양민 학살사건과 매우 유사한 증언으로 판단 된다. 거창 주민들은 지서나 면에서 누가 와서 피난을 가라고 하는 사람없이 노인과 유아들이 설마설마하고 거기 있다가 피난을 가지 못한 채 총탄 세례를 받고 눈도 감지 못한 채 천지신명에게 선물 받은 소중한 생명줄을 탈취당하고 만 것이다. 주민들이 죽은 뒤 뼈를 헤아려 보니 남자 109명, 여자 183명, 어린아이 225명을 합치니 박산골에서 희생된 주민은 모두 517명이나 되었다. 산청과 함양군에서 저지른 이들의 소행은 가현, 방곡, 점촌, 부락 주민은 피난을 가자고 불러내어 남녀노소를 가리지 않고 모조리 살해하였다. 토벌대라는 이름으로 군화발로 짓뭉개고 부귀영화를 누리기 위해 소위 작명, 제 5호와, 작명 제 6호라는 작전으로 1951년 2월 7일부터 2월 11일까지 5일 동안 에 산청, 함양, 거창에서 학살된 주민은 모두 1,400여 명에 달하고 있다. 이 사건을 일으키기 전에도 11사단 20연대 2대대 토벌대는 1950년 11월부터 1951년 1월 중순까지 전남 함평에서도 500여명의 주민을 학살했다고 한다. 만일 정부가 이때, 11사단을 단죄했더라면 산청, 함양, 거창 사건은 발생하지 않았을 수도 있다. 국민을 보호해줘야 할 공비 토벌대라는 11사단 9연대 병사들이 이렇게 많은 국민을 무차별 살해한 부대에 이 대통령은 11사단에 하사금을 내리고,

유죄판결을 내린 죄수를 사면한 것도 모자라 부귀영화를 누리도록 뒷
배 노릇도 해주었다고 한다. 이 대통령이 노령으로 치매에 걸리지 않
았다면 죽은 주민을 부관참시 하려는 이런 행위는 절대 하지 말았어야
했다. 60년 민주당 정부 때와 김영삼 정부를 제외하고 지금까지 80년
이 다되도록 당사자는 물론 정부의 진심이 담긴 사과 한마디 없는 현
실이 한없이 서글프게 느껴진다.

이 추모 공원에서 한동안 발길이 떨어지질 않는다. 여기에서 시
한 수 바치지 않고 나 어찌 떠날 수 있으랴.

평화스런 새들의 노래 밭에 앉혀주세요
(견벽청하)

순한 양 떼 같던 마을 양민을
새빨간 적이라 이름 써 붙이고
무자비한 작전 수행했던 묘연한 부대
이 좋은 하늘 아래 있었습니다

가현, 방곡, 점촌 사람들 몰살시키고
그 아래 야지 마을 사람 반으로 갈라
무차별 난사했던 괴이한 부대 하나
이 나라 이 땅 위에 있었습니다

대대로 정 나누며
오순도순 잘 살아온 게
어찌 죄가 됩니까
함께 밭 일구고 씨 뿌린 게

우릴 지켜준 내 나라 군대의 총알에
맞아 죽어가는 가엾은 동네 주민들
반세기가 지난 오늘날까지
산발한 채 원혼으로 구천을 떠돌겁니다.

아무 죄목 없이 하늘을 떠도는 영혼들
이 나라 말고 또 어디 있을까요
영문도 모른 채 부대 대장들께 붙들려
눈 가리기로 재판받고
감옥 갔다 풀려나고

승승장구 승진하는 동안
나라 권력 舞에서 고개를 돌렸으니
이토록 오랜 세월 동안
무자비한 죄인 손 들어주는 나라
이 나라 말 고 어디 또 있을까요

아, 그러나 역사는 말합니다
뒤늦게라도 의인을 불러내고
억울한 진실 화안히 벗겨 줍니다

이젠 깨끗한 산청 냇물도
제 소리 내며 졸졸 흐르고
함양 산천 노을도 제 허리 펴고
웃음띠며 다녀야 합니다

오, 생각 키도 싫은 지난 반세기
굽어진 허리 한 번 펴보지 못하고
눈물 자국 지우지 못한 칠백여 원혼들이여
이제는 위대한 대한민국 우리나라가
법적으로 그대들을 양민이라 칭하고
우리 겨레도 그대들을 거룩한 님이라 부릅니다

이젠 허리 펴고 맘 편히 앉아 쉬시게요
내 산야에 진달래 피고 보리 익어가고
정든 새들도 님 그리워 재잘거립니다

님들이시여
힘들어도 불쌍한 그 죄인들 불러들여
평화스런 새들의 노래 밭에 앉혀주세요

중매재 고갯마루
산포도 올망졸망 매달리고
산딸기 곱게 익어 가며는
거기 그 빛깔로 살짜기 오시옵소서

후박나무 등걸

김숙자

흐드러진 초록 잎새마다
하늘 치솟던 푸른 기개
까치둥지 보듬던 늙은 후박나무
앙상한 뼈마디로 하늘 맞섰다

누구 부름 받들어
처절히 십자가 지려는 가
떨던 심장에 따순 피 돌리어
뜨거운 맥박으로 뛰고 싶었으리

그 강직한 결단
절박한 고통 뒤로하고
구원의 불빛 치켜들며
한 점 사랑 십자가를 꿈꾼다

제13장

양심이 없는 민족은 희망도 없다

지리산 공비
토벌이 시작되다.

지리산 공비 토벌은 한국전쟁 중 북한군의 낙오병과 유격대가 지리산 일대에서 활동하며 우리 국군을 교란시킨 사건을 토벌하는 거대한 사건이었다. 1950년 10월 4일부터 1953년 5월 1일까지 31개월간 진행되었었다. 우리 국군 제11사단 수도사단들이 참여했었다. 이 과정에서 유격대 7,737명을 사살하였고, 7,993명을 생포하고, 506명을 귀순시킨 성과를 거두었다. 그러나 그 과정에서 앞서 말한 바와 같이, 거창 양민 학살사건, 산청. 함양 사건, 등 민간인 피해와 학살사건이 만만치 않게 발생하였다. 지리산 공비 토벌전은 1950년부터 시작된 한국전쟁 기간중에 후방 교란을 차단하기 위해 이루어진 조선 인민 유격대 공격 작전이었다. 1950년 9월경 한국전쟁이 한창이던 때에 인천 상륙 작전으로 국군과 유엔군의 총반격의 서막이 오르자 미처 후퇴하지 못한 북한군의 낙오 부대와 낙오병들이 발생하였고, 대부분은 국군과 유엔군의 포로가 되었다. 하지만 일부 북한군은 남한 지역의 산악지역으로 잠적하였다. 그때 산악 지대에 있는 현지 부역자들과 합세하여 비정규직 조직을 구성하여 후방에 있는 국군을 교란시켰다. 이렇게 국군을 교란시킨 인민군 낙오병들은 1950년 10월경 이들을 기준으로 모두 25,000명 정도였다, 이 중에서 지리산을 거점으로 활동하던 부대는 남부군단이었다. 이 남부군단은 지리산 부근이 북한군의 점령지역이었을 당시에는 병력 보충부대의 역할을 맡았으나 유엔군과 국군이 반격 된 시점에는 부대를 재편성하여 '조선인민유격대 남부군단'으로 부대명을 개칭하였다. 이후 지리산 부근에서 유격 활동을 활발하게 진행하였다. 이에 우리 국군은 이들을 소탕하기 위한 토벌 작전을 구상하기 시작하였다. 그리하여 1950년 10월 4일부터 1953년 5월 1일까지만 31개월에 걸쳐 토벌 작전을 전개하였는데, 지리산 쪽에 주둔한 11사단 백야전사령부 산하 수도사단 제8사단, 제1사단장 등이 세 차례에 걸쳐 작전을 수행하였다. 이때 남부군단의 저항이 만만치 않았다. 험준한 산악지역에 익숙한 유격대는 경찰지서 등과 관공서 등을 습격하기 시작했다. 그리고 주로 낮에는 산에 숨어 있다가 밤에는 민가에 내려와 키우는 집짐승들을 끌고 가기도 하고 값나가는 가재도구 및 곡식들까지 빼앗아 가기도 했다. 이러한 이유 때문에 지리산 주변 민가에 사는 사람들은 낮에는 국군의 눈치를 보아야 하고, 밤에는 자신들의 생명을 지키기 위해 유격대에도 협력을 하는 일이 많아졌다. 바야흐로 지리산 토벌 작전이 1, 2, 3차 즉 4차 장전을 제외하고는 사살 7,739명과, 생포 7,993명 귀순 506명이라는 실로 어마어마한 숫자를 기록하였다. 그러나 백선엽 장군은 이후 이 일을 회고하면서 사살 5,009명, 생포 3,968명 귀순 45명이라고 발표하기도 했다. 이렇듯 공식 통계는 최소치일 뿐 실제 기록은 훨씬 더 상회 할 것으로 내다보았다. 하지만 피란민들이 폭격 등에 노출되었다는 점과 민간인들의 피해도 엄청났다는 점등이 이 작전의 한계라고 회고하였다. 그 후 또다시 14연대 반란 세력 주축의 '지리산 빨치산 토벌'이 다시 시작되었다. 14연대 반란 사건은 1948년도 반란사건 지리산 빨치산 테러 만행이 시행되었고, 10월 22일엔 여수 주둔 14연대 반란 세력 중추가 진압군에게 쫓겨 다시 지리산으로 잠입하여 반야봉 동쪽 백암사 골짜기에서 최종 거점을 형성하고, 구례 화엄사를 주요 거점으로 활용했다. 25일 밤 10시경에 14연대 반란군 중위 김지회가 이끄는 200여명의 테러분자들이 구례로 습격하여 지리산 거점 빨치산 테러 활동이 시작되었다. 이 테러분자들은 미리 작성하고 명단을 통하니 수 백 명의 애국지사들을 색출해서 등급에다가 1급은 즉석에서 총살하고, 2급은 재산몰수를 하면서 방화와 약탈을 자행하기도 했다. 구례 화엄사를 테러 거점으로 삼아 만행을 저지르는 가운데, 구례 군민들이 조직한 '대동청년단'은 100여 명을 중심으로 반군색출과 정보 수집 등 구례 반공 방어에 의해 가족들마저 무수히 학살당하고 만다. 특히 '대동청년단' 정보부장 구재회의 아내 윤순향은 임신 9개월의 상태에서도 딸과 함께 테러분자가 휘두를 일본도에 의해 암살당하기도 했다. 그후 구례 방어에 나선 진압 부대는 수시로 바뀌면서 혼란이 가중되었다. 이에 10.30일 국군 진압 체제를 전면 개편하여 호남지구 전투사령부를 (김백일), 남부지구 전투사령부를 '남원 광주 5여단'은 대령 김백일이 맡고, 북부지구 전투사령부는 '제2여단장' 대령 윤용덕으로 분리 배치했다. 이 중에 중령 백인기가 이끌던 12연대가 투입되어 오미리 방면, 토지면 비도리 방면, 마산면 천왕제 방면 등 세

축으로 진압에 들어갔다. 테러분자들의 막사로 사용하고 있던 토지면
운수리 간이 학교를 방화작전으로 기습하여 200여 명이 읍내 동남쪽
간문리 지서를 본부로 삼아 숙영하고 있던 1대대 1중대를 습격하여
100여 명이 지리산 빨치산들에게 포로로 잡히었다. 끌려가던 진압군
가운데 14명은 도중에 탈출하고, 나머지는 7일 선전 선동 공작 작전
의 일환으로 사백원씩을 받고 풀려나기도 했다. 11월 4일에는 남원
남부지구 전투사령부 지휘관 회의에 참석하기 위해 출발하던 12연대
장 백인기는 군기병 헌병 7명과 함께 산동면 고개를 넘다 100여 명의
테러 분자들에게 포위당하자 백인기는 그 자리에서 자결을 선택하고
말았다. 백인기의 시신은 우연히 공격 현장에 있다가 무서워서 숨어
있던 김 모 노인의 집으로 옮겨 이불로 덮어서 안치해 놓았었다가 다
음날 신고해서 수습을 하기도 했다. 11월 5일 새벽 4시 진압에 나선
12연대 1대대가 남원에서 화엄사로 이동하다가 산동 남방 5km 지점
빨치산 테러분자들의 매복작전에 걸려 50명이 전사하고, 55명이 부상
당하고, 대대장 대위 김희준은 부상을 당하여 80여 명이 포로가 되었
다. 11월 8일에는 김지회가 새벽 4시경 300여 명을 이끌고, 읍내 봉성
산을 점령하자 부연대장 백인협을 박격포 공격을 가해 분쇄시킴으로
써 기세를 꺾어 놓는데 성공하였다. 이때 김지회의 아내 조경순의 신
변 물품이 든 상자가 발견되자, 백인협은 김지회 체포라는 선급한 거
사 작성을 유도하는 오보 사건이 일어났다. 48년 11.23일 광양 입구
백운산 정상에서 동남쪽 4km 지점에 위치한 반란군 지휘사령부를 발
견하여 진압 당함으로서 14연대 반란군 소탕 작전은 막바지로 치닫고
말았다. 49년도에는 반란군 14연대 빨치산 토벌 활동기가 지나자 3월

1일 다시 국군 14연대 반란군 빨치산 테러분자 소탕 작전을 개시했다. 북부 전투사령부를 호남지구 전투사령부로 준장 원용덕(20연대 15연대 1개 대대, 3연대 1개 대대 3연대 1개 대대)와 지리산 지구 전투사령부 준장(정일권, 3연대 1개 대대, 5연대 1개 대대, 9연대 1개 대대, 19연대 1개 대대), 김용주 유격대대(산악전부대)로 재편성해서 무장력을 강화 시켰다. 49년도 1차 토벌은 3월 1일~10일, 2차 토벌은 3. 24일 반란군 중위 홍순삭이 덕유산 벌목 트럭을 강탈해 국군 복장으로 위장해 경남 거창, 외곽 위천 지서를 공략한 채 거창 중심부를 거창 안의면 북방에 반란군 주모자 중위 홍순석, 중위 김지회를 비롯해 김지회의 아내 조경순 등이 숨어 있다는 정보를 입수하고서 3연대 3대대가 체포에 나섰지만 때는 이미 늦었다. 조경순의 신변 물품이 든 상자가 발견되자 김지회는 반란 직후 여수 경찰서에서 백마 한 필을 약탈하여 타고 다니자, 테러분자들은 백마 사령관이라 부르기도 했다. 김지회의 아내 조경순은 권총 두 자루를 들고 다닌다고 해서 쌍권총 여두목이라 불리고 있었다. 1949년 4월 9일 3연대 3대대는 지리산 운봉을 지나, 피바위를 포진하고는 남원 산내면, 반선리에 들어가 민사 작전을 전개하였다. 그날 밤 반선리 대동청년단장이 30여 명의 테러분자들이 진입해 왔다고 알려주었다. 3대대는 60명을 동원해 주막을 포위하여 총격전 끝에 농구화에 토끼 가죽 상의를 입고 있는 홍순석을 사살했다. 홍순석이 숨어 있었던 곳은 신고했던 반선리 과부댁이었는데, 나중에 빨치산 테러분자들의 보복으로 돌로 살해되었다. 1949년 4월 10일 오후 3연대 3대대 대위 한웅진은 반란군 중위 김지회와 처 조경순이 반군 3명과 함께 남원 내산면 덕동리 달궁부락에 은신해 있다는 정보를 입수해 포위당하고, 상사 김갑순 등 4명이 특공조를 편성해 농부로 가장해 접근하여 권총으로 사격을 개시했다. 다리에 총상을 입은 조경순은 현장에서 체포되고, 김지회는 총상을 당한 채 도주하다 반선리 근처 연정리 야산에서 죽었다.

침묵의 숲

김숙자

적요로 뒤덮인 침묵의 뜨락
시원스레 뚫린 사각의 하늘
태초의 신비 드러내며
초조히 잠긴 심연의 십자가
언어마저 저당 잡힌 절제의 성

들뜬 세상 침잠시키며
나만의 광야로 내몰린 시간
이기의 살점 철저히 도려내고
바람 한 점까지 봉인된
자아의 숲에 갇혔노라

숨소리도 내뱉기 미안하여
보석 같은 정화의 이랑에
감동의 눈물비 소리 없이 쏟아붓고
찰진 인내로 찾은 관상 기도
밤새 불 밝힌 가난한 내 성찰의 방

결코 말을 잃었으나
광활한 침묵의 광야에서

소롯이 고개 든 영성의 민낯
토닥토닥 회개의 단비 맞으니
눈부시게 현란한 작은 부활이여

제14장

모욕은 자신을 담금질하는 풀무이다

휴전 후
빨치산 테러 단장 소탕

백아사와 서남사의 진압 작전으로 인해 와해 되어가던 빨치산 테러분자들은 휴전 회담이 진행되는 과정을 지켜보면서 휴전이 되면 국제법상 포로의 신분이 되어 북한으로 안전하게 송환되어 영웅이 된 것으로 보고 있다. 산악 지대에 은신해 있던 빨치산 1,388명은 휴전 협정이 빨치산에 대한 언급이 없이 체결되고, 군복을 착용하지 않은 무장 세력은 정규군으로 인정받지 못해 안전하게 북송 될 수 없게 되자 자체적 생존을 모색하면서 사상 무장을 강화해 이탈을 막으면서 소규모 부대로 활동하는 방향으로 선회했다. 이미 51년 8월 빨치산을 만든 조선인민유격대 총사령관 이승엽은 반란죄로 처형 되었고, 휴전 협정 체결 1주일 만인 53년 8월 3일 박헌영마저 김일성에게 반역죄로 잡혀 들어가고 만 상태에서 빨치산들은 북한으로부터 버림을 받게 되었다.

자연스레 남부군을 이끌던 이현상도 실각하여 전라남도 당 책임자 박영발에게 지위를 박탈당하고 무장해제 되어 평 조직원으로 강등

되어 감금 상태에서 탈출 기회를 엿보고 있었다. 53년 9월3일 구례 토지면 섬진강에서 5지구당 과장 이형련을 생포하여 현장의 소재를 대강 파악한 상태에서 9월 6일 이현상 호위병 김은석, 김진영은 생포하여 박영발 등에 의해 지위가 박탈당했고, 무장 해제되어 감금되어 있다는 정보와 함께 이현상의 은신처를 확실하게 파악하게 된다. 1만 8천 명을 투입해서 지리산 빗점골을 완전히 포위해 9월 17일 밤 남부지구 경비사령부 이하 56연대와 서남지구 전투경찰대 사령부 소속 김용식 수색조가 마침내 한국 내에 있는 테러분자들의 수괴 이현상을 사살하는 쾌거를 이루게 된다. 2.3차 빨치산 이현상과 애민 애족 민족 국군에게서 사살당한 지리산 빗점골 전투는 50년 9월 1일 1만여 명에 이르던 빨치산이 52년엔 2,000여명, 53년 말에는 8백여 명으로 급속하게 줄어들었다. 서남지구 전투경찰대 사령부를 중심으로 기존 남부 경비사령부 외에 5사단이 새로 참여해서 1953년 12월 1일부터 동계 진압 작전에 나서 1954년 5월까지 진압 작전을 지속적으로 전개했다. 김일성과도 직접 교신하면서 빨치산을 이끌던 박영발은 54년 3월 19일에, 김선우는 54년 4월 5일에 88 능선에서 사살되었다. 빨치산 테러분자들은 140여 명으로 이제 줄어들었다. 빨치산 잔존 소수 테러분자들은 지리산을 중심으로 지리산에 조국출판사를 두고서 유인물 제작 등을 하면서 덕유산, 회문산, 백운산, 모후산, 화학산, 운양산. 자작산 등 여러 산으로 쫓겨 다니며, 활동했으니 자주적인 진압 작전으로 점차 소멸되어 갔다. 남아있던 전남북, 경남북, 도당과 이하 군당, 995, 727부대, 중부지구, 기동대 소규모 개인 빨치산 무장 세력들은 하나 둘씩 진압 작전에 응징당하여 사라져갔다. 55년 전투경찰의 진압 작전으로 인해 거의 대부분이 섬멸된 상태에서 55년 7월 7월 이후 잔존 소수분자들의 통합 결집하에 다시 조직을 정비했지만 56년 12월 31일에는 43명의 빨치산들만이 있었고, 이미 한국과 북한의 어느 누구도 알아주지 않은 잊혀진 존재에 불과했다. 1955년 4월 1일에 지리산 입산 통제가 해제되자 누구나 지리산 등반에 나설 수 있게 되었다. 이후 정부에서는 1955년 5월 23일 빨치산 토벌이 종료되었음을 정식으로 발표했다. 마지막 빨치산 테러분자 정순덕은 민가에서 밥이나 훔쳐먹는 망신 공비 수준으로 지내다가 1963년 11월 12일 오전 11시경 총격전 끝에 체포되었다. 이때, 함께 있었던 이홍은 사살되었다. 그리고 빨치산 소탕을 위해 국군 공비토벌대 11사단은 공비를 쉽게 소탕하는 방법으로 "견벽청야 작전"을 통해 토벌 작전을 구사했다. 즉 적이 있는 곳은 벽을 쌓듯 틀어막고 적이 침투할 곳은 허허벌판처럼 완전히 비워 적을 아사시킨다는 작전이었는데, 이 토벌 사단은 공비들이 민가에 빌붙어 먹고 산다는 점에 착안하여 지리산 산골 주민을 모조리 학살하고, 집은 불태우며, 가축과 양식은 모조리 탈취해 그들의 식량으로 삼는 꼬시라기 제 살 뜯어 먹는 만행을 저지르고 말았다. 양순한 산청. 함양, 거창 등 양민학살을 저지르고 말았다. 그들에게 당한 주민이 더욱 공분한 것은 그들이 학살한 주민을 공비로 둔갑시켜 상부에 보고하여, 특진하고, 영전하는 수단으로 삼았다는 사실이 더 치를 떨게 한다. 그런 학살 부대를 대통령도 벌을 주기는커녕, 공비소탕을 잘했다며 100만 원의 상금을 주면서 칭찬했다니 유족들은 망연자실할 수 밖에 없고 이렇게 51년 2월 7일 하루에 희생된 산청. 함양 주민이 약 700여 명이 된다는 사실은 너무도 가슴 아픈 현실이다. 6.25 전쟁 와중에 705명의 산청. 함양 양민학살사건 당사자는 국가의 폭력으로 통한의 통비 분자로 죽음을 맞았고, 그것이 잘못되었다고 인정을 했으면 그에 상응하는 조치를 해야 마땅한데, 아직까지 명쾌한 답을 제시하지 못하고 있다. 유가족에 대한 보상도 아직도 가물치 콧구멍이라 하니 지리산 속에 숨은 공비 토벌을 빙자하여 양민을 대량 학살한 사건이 바로 산청. 함양, 거창 양민학살 사건이다. 국가가 보호해줘야 할 주민을 이토록 무참하게 짓밟아 놓고, 정부 권력은 시대의 아픔이라며 유족들의 비참하고 억울한 한을 아직까지 흡족하게 풀어주지 못하는 현실이 그저 안타깝기 그지없다.

그 속삭임 들리는 가

김숙자

지금은 잊히어진 이 땅에서
그대들 속삭임 듣습니다
산천초목 차마 잊을 수 없어
아직도 지우지 못한 그 속삭임
숨어 울며 엎드렸던 바튼 숨소리
이곳 나무와 풀들은 기억합니다

지금 당신들의 귀에도 들리는가
헐벗고 굶주림에 떨며 흘렸을
침묵 가득한 산야에서
가슴 저리게 들려온 그 속삭임
피울음으로 울부짖던 기도 소리
거룩한 그 땅은 이미 축성되었습니다

산천초목 속삭임 듣고
기도하는 순례자들의 밟을 이 땅
눈으로 보이는 것만 말고
신앙의 감촉으로 들을 수 있는
귀한 영성의 귀 열어 주소서

제15장

욕망의 끝은 파멸 뿐이다

토벌대의
'작전 명령 제6호 제7호'
(수철지역을 걸으며)

한동석 토벌대가 이끄는 3대대 병력은 2월 6일 유림에서 야영을 하고, 이튿날 일부는 지역 출신 경찰을 앞세우고 화계리 주상리, 자혜리, 손곡리로 들어가 주민을 회유하여 서주로 피난을 시켰다. 지역주민 이상열의 증언에 의하면 유림에서 야영하던 한동석 토벌대의 일부는 주상마을에 거주하는 구도식, 김상겸의 안내를 받아 모상골을 거쳐, 왕산 서쪽에 자리 잡은 쌍재를 넘어서 수철 근방에서 야영하던 11중대 및 12중대와 합류하여 이들 부대와 합세하여 가현, 점촌, 서주에서 양민을 학살하고 동네를 불로 싸지르는 방화를 저질렀다. 구도식과 친구 둘이서 종일 그들의 안내를 해두고 마지막에 그들의 입까지 봉합하려고 서주에서 살해하려고 추려놓은 일행 속에 합류시켰다는 것이다. 그런데 이들도 일말의 양심은 남아있었던지 군인 경찰 가족이면 손을 들라고 하더란다. 그래서 도식은 형이 경찰로 근무 하는지라 손을 번쩍 들었는데, 함께 동행했던 상겸이도 도식을 따라 슬며시 손을 들었다. 국군이 고함을 치며 "빨리 나와!"라고 하는 순간 거의 날다시피 뛰어나왔는데, 그 후 10초도 지나지 않아 총성이 난무하고, 아비규환의 불지옥으로 변했다고 한다. 그러니까 수철 쪽에서 출발한 3대대 병사 2개 부대가 주민을 학살한 것이 아니라 전날 유림 쪽으로 행군하던 3대대의 일부 병사도 밭머리재 근처에서 합류해서 가현부터 학살을 자행했던 것이 구도식의 증언으로 밝혀진 것이다. 한 편 6일 날 함양에서 야영을 한 9연대 1대대는 7일 새벽부터 휴천면으로 진입하여 늘무니를 경유 해 절터 쪽으로 진군했다. 이들이 도착하기 전에 전날 밤 소식을 모르는 토벌대는 피난을 간다거나, 연설한다는 핑계를 대고 휴천면 절터, 원터, 동강, 평촌 등에 사는 사람들을 절터 마을 앞에 집결시켰다. 휴천면 지서 최 주임은 이들 약, 1,000여 명이 연대 작전에 따라 모두 몰살할 예정인 것을 알고 있었다. 그는 "함양 수리조합에서 행한 비밀 앞으로 지서 주임이나 면장을 하늘같이 모시고, 공비 말 듣지 말고 마을을 지켜야 한다."고 다짐하던 군인들이 이들 주민을 죽이려 드는지 명분 없는 죽음에 분통이 터지고 어처구니 없는 죄악을 저지르는 행위 같았다. 그래서 고민을 하던 끝에 이 학살만은 막아야 자기도 마음이 편하고 군인들도 후환이 없을 것 같은데, 한참 동안 별아별 생각을 다 해보았지만, 주민이 죽도록 팽개쳐둬서는 안 된다는 것이었다. 그래서 그는 휴천면장, 정종옥 재일교포 출신 박복원과 휴천 주민을 살릴 지혜를 모았다. 그리고 마침 목현에 묵고 있던 연대장을 만나서 1항에서 밝혔듯이 소와 돼지도 잡고 설 차례상에 올렸던 차례 음식도 추렴해 그야말로 진수성찬을 차려놓고, 융숭하게 대접하며 휴천면민을 살려달라고 읍소했다. 이들은 주민을 위하는 지극한 정성에

감화해 연대장은 사단장에게 지서장 등이 주민의 구명운동을 했던 사실을 보고해 주민 사살을 없던 일로 하라는 지시를 받았다. 2월 7일 아침에 1대대장은 절터, 원터, 동강, 평촌 주민을 모아놓고 일장 연설을 한다. "너희들은 은인을 만나 죽을 목숨을 살려주는 것이니 앞으로 주임이나 면장을 하늘같이 받들고, 공비 말 듣지 말고, 마을을 잘 지켜야 한다."하고 다짐을 받았다. 이 사건에 비추어 보더라도 한동석이 재판정에서 변명한 통비 분자의 사살이 아니라 선량한 양민 살해였다는 반증임이 분명해졌다 이 사건이 패륜적이라는 것은 토벌대라는 군인들의 짐승만도 못한 짓거리를 가는 곳곳마다 벌였다는 점을 알 수가 있었다. 산청과 함양군에서 저지른 토벌대들의 소행은 이렇듯 가현, 방곡, 점촌부락 주민을 피난을 가지고 불러내 남녀노소를 가리지 않고 모조리 살해하였으며, 자혜리, 손곡리, 화계리, 주상리, 회동 미을 주민 1,000여 명을 서주에 모아놓고 경찰이나 토벌대가 직접 추려내는 방식으로 300여 명을 학살하고, 휴천면민은 연대장 하루 전날 1,000명 학살하라고 지시했지만 지서장 등의 구명 운동 덕에 한 사람의 희생자도 내지 않았다. 이들은 거창에서도 이와 똑같은 방법으로 청연골과 탄량골 주민은 모조리 학살하였으며, 박산골 학살만은 전날 신원초등학교에 주민을 끌고 가서 무차별 학살시켰다. 정말 11사단이 저지른 거창 학살사건과 토벌대라는 이름을 군홧발로 짓뭉개며 부귀영화를 누리기 위해 소위 작명 제5호와 작명 제6호라는 작전을 전개하여 1951년 2월 7일부터 2월 11일까지 5일 동안에 산청, 함양, 거창에서 학살된 주민은 모두 1,400여 명에 달하고 있다. 이 사건을 일으키기 전에도 11사단 20연대 2대대 토벌대는 1950년 11월 말부터 1951년 1월 중순까지 전남 함평에서도 500여 명의 주민을 학살했다고 한다. 만일 정부가 이때, 11사단을 단죄했더라면 산청. 함양. 거창 사건은 발생하지 않았을 것이다. 국민을 보호해야 할 공비 토벌대라는 11사단 9연대 병사들이 이렇게 많은 선량한 양민들을 무차별 살해한 부대에 이 대통령은 11사단에 하사금을 내리고, 유죄판결을 내린 죄수를 사면하는 것도 모자라 부귀영화를 누리도록 뒷배 노릇을 해 주었던 것이다. 이 대통령이 노령으로 치매에 걸리지 않았다면 죽은 주민을 부관참시 하려는 이런 행위는 절대 하지 말았어야 했다. 60년 민주당 정부 때와 김영삼 정부를 제외하고, 지금까지 80년 가까운 세월 동안 당사자는 물론, 정부의 진심 어린 사죄와 명예 회복이 없는 현실이 한없이 서글프고 원망스러워진다.

고해의 뜰

김숙자

오래 묵혀둔 침묵 이후
깊은 성찰의 시간 보냈건만
더 깊이 침잠되어버린 분노

찰고 마저 거절당한 방황의 시간
갈기갈기 영혼의 숲까지
침식당해버린 굴욕의 순간들
뼛속까지 절여진 분노와 원망
하늘도 알고 땅도 알고
마을 앞 대추나무도 기억하리라

다시는 냉혹한 고해실에
내 발길 섞지 않으려 했지만
소담한 참회의 시간 높아만 가니
살진 피정 속에 고요히 일어날 부활이여

제16장

내 안의 빛을 찾는 일

산청에서 만난 선조
김수로왕 10대손
'구형왕릉'

지리산 둘레길 걷기를 하면서 산청에서 우리 가락국 마지막 왕 제10대 구형왕의 돌무덤 구형왕릉을 찾아왔다. 대한민국 5,000년 역대 왕조실록 중 가락국 편은 베일에 싸여 있었는데 이번 산청에 와서 참으로 김해김씨 시조에 대해 알아보는 소중한 기회가 되었다. 나는 김해김씨(71)세 손이다. 역대 왕조실록 중에서 그간 가락국 얘기가 베일 안에 싸였었는데, 모처럼 가락국 금관가야 왕의 계보도 알아볼 수 있는 절호의 기회가 되었다. 제1대 김수로왕, 제2대 거등왕, 제3대 미품왕, 제4대 거질미 왕, 제5대 이품왕, 제6대 좌지왕 제7대 취희왕, 제8대 질지왕, 제9대 겸지왕, 그리고 마지막 제10대 구형왕으로 이어져 왔다. 우리 김해김씨의 시조인 김수로왕의 자손을 살펴보니 참으로 대단하다. 지금까지 까맣게 잊고 있었던 마지막 왕인 구형왕릉을 직접 찾아볼 수 있어 너무도 반가웠다. 금관가야의 마지막 제10대 구형왕의 성은 김씨로 감지왕(甘旨王)과 출중각천(出忠角干)의 딸 숙(淑)의 아들, 521

년(신라 법흥왕 8)에 즉위하여 재위 42년만인 562년 (신라 진흥왕23) 신라의 공격을 받고, 항복하였다고 한다. 왕비는 분즐수이즐의 딸 계화(桂花)로 세종(世宗) 각간(角干), 무도(茂刀) 각간(角干), 무득(茂得) 각간(角干) 세 아들을 낳았다. 개황록(開皇錄)에 의하면 신라에 항복한 것은 이보다 30년 전인 양(梁)나라 중대통(中大通) 4년으로 되어있다. 삼국사기에도 개황록과 마찬가지로 법흥왕 19년에 금관국금구해여비급 삼자장왈노종 중왕무덕 이왈무도 이국노보물래강(金官國金仇 亥與妃及 三子長曰奴宗 仲王武德 李曰武刀 以國奴保物來康)이라 되어있다.

또 삼국사기의 열전 제1부 김유신 항에 보면 구형을 '仇'이라 하였고, 김유신의 증조부라 하였다. 삼국유사에 김유신의 증조부가 세 아들을 데리고 신라에 항복한 것으로 기록되어 있는데, 이는 구형과 구해가 동일임을 나타낸다. 지리산 둘렛길 산청 구간을 걷다가 숙소를 정해 놓고, 금관가야의 마지막 왕의 무덤이라는 전 구형왕릉을 보기 위해 다시 길을 나섰다. 10대 왕인 구형왕의 무덤으로 전해지고 있는 이 무덤은 돌무덤으로 우리나라에서 보기 힘든 독특한 무덤인데, 구형왕은 구해, 또는 양왕이라 하는데, 김유신 장군의 증조부이다. 그는 521년 금관가야의 왕이 되어 532년 신라 법흥왕에게 나라를 넘겨 줄 때까지 11년간 왕으로 있었던 것이다. 이 무덤은 석탑이라는 설과 왕릉이라는 설이 있지만, 왕릉이라는 근거『동국여지승람』,『산음현 산천조』에 '산음현의 40리 산중에 돌로 쌓은 구릉이 있는데, 4면에 모두 층급이 있고, 세속에는 왕릉이라 전한다'라는 기록이 있다 했고, 이 돌무덤이 왕릉이라는 기록은 조선 시대 문인인 홍의영의 〈왕산심능기〉에 서쪽 왕산사라는 절이 있어 그 절에서 전해오는 『왕산사기』에 구형왕릉이라 기록되었다고 하였다. 무덤 앞에는 주차장도 만들어 놓았고, 주차장에서 조금 걸어가면 향교의 홍의문 같은 문도 만들어 세워놓았다. 그 홍의문을 지나면 왕릉구역으로 들어가게 된다. 일반적인 봉분무덤과는 사뭇 달리 경사진 산 언덕의 중간에 총 높이 7.15m의 기단식 석단을 이루고 앞에서 보면 7단이고, 뒷면은 비탈진 경사를 그대로 이용하여 만들어 밑에서 보면 한눈에 다 들어온다. 돌무덤의 중앙에는 "가락국 양왕릉"이라고 비석이 있고, 그 앞에 석물들이 있는데, 이것은 최근에 세운 시설물이다. 조선 시대 정조 17년(1793)에는 왕산사에서 전해오던 나무상자에서 발견된 구형왕과 왕비의 초상화, 옷, 활 등을 보존하기 위해 덕양전이라는 전각을 짓고, 오늘날까지 봄과 가을에 김해김씨 자손들이 지금도 제사를 지내고 있다. 이전에는 전 구형왕릉으로 불리다가 2011년 7월(산청 전 구형왕릉)에 그 명칭이 변경 고시되어 지금은 그대로 불리고 있다. 지금 정확한 주소는 경상남도 산청군 금서면 구형왕릉으로 불리고 있다. 필자는 지리산 둘레길을 걸으며 모처럼 김수로왕의 71대 자손임이 더욱 자랑스러워졌다.

나의 뿌리 공원

김숙자

뼈저리게
그대가 그리울 때
내 발길 머물렀습니다

못 견디게
고향이 그리울 때
그대 가슴에 묻혔습니다

시시때때로
내가 알고 싶을 때
뜨거운 눈물 많이도 뿌렸습니다

그리워 울고
보고파 울고
못 잊어 울던 따스한 뿌리

내 인생의 나침반
내 인생의 버팀목
날 송두리째 성장시켜
올곧게 벋어나간 나의 뿌리여

제17장

어제에 머물러 있어선 안 된다

하동전투

하동호를 지나며 하동 호국공원도 지나게 되었다. 하동 호국공원은 하동읍과 적량의 경계를 이루는 고개인 이곳엔 특별한 역사가 서려 있었다. 1950년 6월 25일 토요일 오전 4시에 38도선 전역에서 북한의 기습적이고도 전면적인 침공이 개시되어 한국전쟁이 시작되고 있었다. 대한민국의 군대는 10만 명, 북한군은 20만 명으로 우리가 열세였다. 우리는 한 대도 가지지 못한 탱크를 북한은 24대나 보유하고 있었고, 우리는 연락기 20대가 전부인 공군 전력에 비해 북한은 소련제 전투기가 1백여 대나 있었다. 그 외 포병이나 다른 전력에서도 비할 수 없을 만큼 차이가 컸다. 거기에다 북한군의 주력은 중국 각지에서 활약하던 팔로군 소속 한인 병력이 가세하여 전투 경험도 많은 정예부대였다. 그에 비하여 우리 군은 제주 4.3사건, 여순 반란사건 그리고 지리산 등 산악 지대의 빨치산 토벌과 그 외 3.8선 주변에서 있었던 산발적인 전투를 거치며 국방력을 강화하고, 전쟁에 대비해야 할 이유는 차고 넘쳤는데도 이러한 대비가 전혀 이루어지지 않고 있었다. 그런데다 미국은 애치슨 라인을 발표하여 그 방위에 대한 의지가 약한 것으로 오해하게 만든 빌미를 제공하고 말았다. 이런 상황에서 당시 우리 군 수뇌부는 대체 무엇을 믿고, 북진 통일을 외쳤으며, 북한이 침공하면 점심을 평양에서 먹고, 저녁은 압록강에서 먹겠다는 말도 안 되는 만용을 부리고 있었다. 그러면서 전쟁에 대비해 군 장비도 하나 갖추지 않고, 보급도 엉망진창인 그런 무늬만 군대를 만들어 놓았었다. 그러나 시절은 하 수상하고 심상찮은 조짐이 보이기 시작했다. 기본적으로 적에 대한 첩보 운동도 엉망이었고, 그나마 들어온 첩보는 말도 안 되는 만용으로 깔아뭉개고 있었다. 그리고 전쟁 직전 상황은 전선을 지켜야 하는 우리 병력이 1/3은 휴가 중이었고, 군 장성 등 고급 장교는 연회를 즐기고 있었다. 우리는 그렇게 1950년 6.25 한국전쟁이 비극을 자초하고 말았다. 그리고 개전 3일만에 서울이 함락되고, 대통령과 정부는 급히 피신을해야 했다. 이 과정에서 정부는 서울 시민을 포함해 국민들은 북한군을 격퇴하고 있다고 기만하고, 급히 한강 철교를 폭파하여 무고한 시민 살상과 한강 서북에서 미처 후퇴하지 못한 우리 군 전력의 대부분을 한순간에 붕괴시키는 엄청난 실책을 범하고 말았다. 그중에서 가장 큰 책임을 물어야 할 사람은 과연 누구일까? 그 첫째는 대통령 이승만이다. 그리고 두 번째는 국방장관 신성모이고, 세 번째는 육군참모총장이자 전체 군의 총수인 채병덕 소장인 것이다. 그렇게 준비 없이 맞이한 전쟁은 첫째 열세인 전략으로 우리 군은 열심히 싸웠다. 특히 강원 충청을 사수하는 육군 6사단의 경우 대단한 전투를 수행하여 승리하고, 북한군의 전략에 막대한 차질을 빚게 하는 공로가 있었다. 이춘국 전투와 북한의 서울 점령 후 며칠 동안 한강을 건너지 않고 머뭇거리며 보낸 며칠의 시간이 향후 전쟁의 판도를 바꾸는 큰 변수로 작용했다. 이후부터 우리 군은 최대한 자영전을 벌이며 후퇴를 거듭했고, 미군이 참전하여 스미스 부대에 오산 전투, 미 24사단의 대전 전투가 있었으나 모두 패배하고 말았다. 특히 대전 전투에서는 미군 24사단의 사단장 소장이 포로가 되어 미군 역사에 큰 오점도 남겼다. 1950년 7월 북한은 남하를 거듭하여 전라도 지역을 석권하고, 섬진강을 타고 내려오며 하동읍 방향으로 이동하고 있었다. 하동이 점령되면 그 다음은 서부 경남의 중심인 진주가 바로 위험에 노출되어 타격이 큰 상황에 놓이게 되었다. 채병덕 소장은 전쟁 초기 패전에 대한 책임감을 물어 육군참모총장에서 해임되어 영남 관구 편성 군을 저지하라는 명을 받게 되었다. 하동에서 북한군을 저지하라고 명을 받은 것이다. 국방장관 신성모는 채병덕 소장에게 편지를 보냈다. 귀하는 싸움을 잃고, 중대한 패권을 당했던 책임이 중하고 크다. 그런데 지금 적은 전남에서 경남으로 지향하고 있다. 이 적을 막지 않으면 곧 전선이 붕괴 될 것이다. 귀하는 패주 중인 소재 부대를 지휘해서 적을 격퇴시켜라. 귀하는 선두에 서서 독전 할 필요가 있다. 그러나 채병덕 소장 휘하의 병력은 거의 없었다. 마침 이때, 제29연대 소속 제3대대(대대장 해롤드포트)가 마침 하동 방향으로 진출하라는 명령을 받고, 이동하면서 채병덕 소장은 이들과 함께 향토 역할을 겸하여 하동으로 갔다. 하동엔 마침 내린 큰비로 이동에 큰 지장을 받았고, 이들이 하동에 도착했을 땐 이미 하동은 사실상 북한군에 점령된 상태였다. 일부 우리 군과 미군들은 북한군 제6사단이 쳐놓은 매복, 함정 속으로 빠져들어가고 말았다. 채병덕 소장과 미군 대대장 해롤드 포트 중령은 하동 소재에 올라와 전방을 주시하다가 다가오는 무리를 보고 피아식별이 확실치 않은 상황에서 채병덕 소장이 확인하려다 적이 가해오는 총격 총탄에 두부를 관통당해 그대로 전사했고, 마침 소재에 몰려있던 주요 지휘부는 그대로 적 공격에 노출되어 공격을 당하고 말았다. 북한군의 매복에 걸린 상황이 되어 얼마간은 저항하였으나 채병덕 소장과 해롤드 포트 중령은 여러 지휘부 참모가 대다수 전사한 상황에서 하동전투는 오래 갈 수가 없었다. 하동 소재와 소재를 넘어 적량 방향으로 들어가는 입구 적량 농공단지 아래 계성마을 계동 주변은 이때, 우리 군과 미군의 시신으로 가득찬 처참한 모습으로 변하고 말았다. 약 2~3개월 후 하동이 수복되면서 수습된 피해를 보면 우리 국군은 약 1백 명 정도, 미군은 313명 전사가 확인되었다, 사실상 전멸이었다. 우리 국군은 국군대로 미약하고, 제대로 훈련되지 못했고, 무능한 지휘관 덕에 전투력도 전혀 기대할 바 없었지만 당시 미군도 미군 스미스 부대와 제24사단의 패배가 있었음에도 북한군의 실체를 제대로 모르고, 미군 그들 스스로도 갑작스럽게 재편성되어 훈련도가 낮고 경험 없는 그런 군대였었다. 그런 미군의 백전 노장 방호산이 이끄는 북한군 제6사단의 상대가 될 리 만무하였다. 고 채병덕 장군 전사비, 뒷면에 쓰인 비문을 읽어보았다. 그런데 웬지 거부감이 들었다. 우리 군 장성 출신 모임인 성우회 경남지역 향토사단인 39사단을 비롯한 군 관계자와 지역 관계자, 정계 관계자들이 세우고 작성한 이 비문은 이러하였다. "당신들은 그래서 안 되는 거야," 채병덕 소장이 육군참모총장 출신이고, 한국전쟁에서 전투 중에 죽은 것을 인정한다. 먼저 채병덕 소장(1916~1950)은 일본군 소좌 출신 전형적인 친일파 출신 거기에 한국전쟁 전후 시간에 전쟁 준비 소홀 등 무능하고 안일한 군인의 전형이었다. 한국전쟁 초

국민과 서울 시민을 상대로 기만한 죄, 한강 철교를 폭파하여 서울 시민과 한강 이북에 남아있던 우리 군 상당수의 전력을 북한 치하에 그대로 넘겨주고, 붕괴시킨 죄는 왜 안 묻는가?

하동전투에 임해서도 전술을 기본도 안 지킨 끝까지 무능하고 무책임한 군인이었다. 그런데 덮어놓고 그때 그냥 죽었다고 찬사 일색인 이 문구는 하동전투의 실상을 아는 그 누가 채병덕 소장을 공감할 수 있겠는 가? 다들 코웃음을 치지 않겠는가? 한마디로 말해 7년 조일전쟁 때 무적 상승이 조선 수군을 전투 한 번에 말아먹은 원균 용인 전투에서 겨우 1,600의 왜군의 기습에 5만 근왕군을 말아먹은 이광, 윤선각, 김수기가 대한민국에서 환생한 사람의 채병덕 소장이라고 해도 전혀 지나치지 않을 것이다. 적어도 채병덕 소장의 책임을 묻는 문구 하동전투의 실책에 대한 자성, 비판이 한 구절이라도 들어갔던들 그런 비웃음은 사지 않았을 것이다. 물론 호국시설, 보훈 개념에서 그럴 수는 있겠지만 이건 정도가 너무 지나치다. 이런 식의 보훈은 역사의 교훈을 제대로 보지 못하는 어리석은 처사에 지나지 않는다. 그럼에도 우리나라를 지키기 위해 1950년 7월 하동전투에서 목숨 바쳐 산화한 우리 군 장병 1백여 명과 미군 313명의 명복을 빌며 이들이 좀 더 유능한 지휘관 휘하에서 싸웠더라면 그래도 이런 처참한 결과는 피할 수 있지 않았을까 하는 생각이 든다. 이래서 적보다 더 무서운 것이 유능한 지휘관이라는 말이 나온 이유일 것이다.

홍매의 동안거

김숙자

인고의 강 건너는 일은
감격도 사치이다
심연에 붉은 언어 감추고
식을 줄 알았던 심장에
동안거를 명하는 건
야심 차게 그대를 숙성시키는 예령이다

하늘마저 깜깜한 밤
무서운 질곡의 밤
아스라한 곡예를 보라
언 땅 칼바람이 할퀸 연둣빛 자리
한 마리의 꽃 나비로 날기 위해
제 허물 아프게 벗겨내며
그렇게 애벌레를 키우는 일이다

제18장

가득함도 빛나고 비움도 빛나더라

지리산과 섬진강이 낳은
三大三美의 고장 구례

구례는 지리산과 섬진강이 낳은 수려한 자연환경의 고장이다. 봄이면 섬진강 연안 도로에 화사한 벚꽃이 어우러져 길을 지나는 이들의 눈길을 빼앗고, 여름이면 계곡마다 짙은 신록이 우거지고 계곡마다 맑은 물이 콸콸 흘러내려 더위를 잊게 한다. 그리고 가을이면 붉게 타오르는 만산홍엽으로 전국의 행락객들을 이곳으로 유인하며 겨울에는 곳곳마다 순백의 하얀 설경으로 눈꽃이 만개한다. 숱한 문화재 웅대하고 우아한 가람 구례에서 화엄사는 너무도 유명하다. 필자의 고향 곡성과 가장 가까이 인접해 있으므로 자주 찾아오는 사찰이다. 누가 봐도 건물의 웅장함에 탄성이 절로 우러나온다. 빛바랜 단청 목조 건물이 너무나도 기품있다. 그리고 해묵은 돌탑에서도 세월의 진득함이 물씬물씬 묻어난다. 바람이 스치면 처마 끝의 풍경 소리에 바람의 방향을 따라 나도 모르게 파문처럼 퍼져나간다. 구례 화엄사는 "고요와 청순의 아름다움이 지리산 깊은 산속으로 맥맥히 넘쳐흐르는 느낌"의 절이다. 이 절은 백제 성왕 22년(544)에 연기조사가 세웠다고 전해진다.

절 이름은 화엄경의 두 글자를 따서 붙인 것이라 한다. 일주문에서부터 대웅전까지 일직선으로 주욱 배치된 여느 사찰들과는 달리 모든 건축물이 태극 형상을 이루고 있는 것이 또 다른 특징이라 할 수 있다. 일주문, 금강문, 천왕문을 차례로 지나다 보면 보제루에 이르게 된다. 다른 사찰에서는 루를 통과하여 대웅전에 이르는데, 반해서 1층의 기둥 높이를 낮게 만들어 옆으로 돌아가게 만든 것이다. 그러니까 보제루를 끼고 돌면 넓은 마당이 나오며, 대웅전과 각황전이 바로 한눈에 들어온다. 마당에는 동서 화엄사를 창건한 높은 터 위에 바로 대웅전이 세워져 있다. 그리고 서쪽 탑의 위쪽엔 각황전이 자리잡고 있다. 국보 제67호인 각황전은 목조 건물로는 국내에서 최대 규모를 자랑하며 웅장하고 기품있는 모습 또한 일품이다. 밖에서 보면 지붕이 마치 2층처럼 보이나 안에 들어가 보면 단층이다. 더구나 여섯 개의 거대한 기둥이 딱 버티고 서 있는데, 모두 어른 2명이 손을 맞잡고 그 팔을 벌려야 겨우 안을 수 있는 우람한 몸집을 가지고 있다. 각황전 앞에는 국보 제 12호로 지정된 석등이 또한 장관이다. 높이는 6m가 넘는 거대한 석등으로 전체적인 모습은 하대의 폭에 비해 석등 자체가 기단부 위에 얹혀있는 듯한 느낌을 주고 있다. 각황전 옆으로 난 108계단을 오르노라면 마치 경주 불국사의 다보탑과 어깨를 나란히 하는 사자 삼 층 석탑(국보 제35호)이 나온다. 화엄사를 창건한 연기조사가 그의 어머니 명복을 빌기 위해 세운 탑이라는 전설도 있다. 그 탑은 2층 기단인데 상층 기단을 네 마리의 사자로 만들었고, 하층 기단 면석과 1층 탑신에는 인왕상, 사천왕상, 보살상, 등 각종 부조상을 새겨놓았다. 발아래 감아 도는 바위 사이에 자리한 암자이다. 예전에는 531m의 오산 등산

로를 통해서만 겨우 갈 수 있었는데, 최근에는 사성암 바로 밑까지 차로 오를 수가 있다. 도로가 끝나는 오산 바위 벼랑 사이에 암자가 박힌 듯 걸려 있다. 이 절묘한 배치에 입이 딱 벌어진다. 벼랑에 걸리고, 바위틈을 파고들어 어느 것 하나 온전하게 받쳐주는 건물이 없다. 그런데도 사성암에는 여느 사찰과 달리 넓은 마당이 없고, 대신 손바닥만 한 마당 사이로 가파른 돌계단이 이어진다. 좁은 그 계단을 오르자면 수령이 600년이나 되는 귀목 나무를 비롯해 소원 바위, 지장전, 삼신각, 도선굴이 연이어 눈을 끌어들인다. 그런데, 그 소원바위에는 슬픈 전설이 전해지고 있다. 하동으로 땔감을 팔러 나간 남편을 기다리다 세상을 떠난 아내와 아내를 잃은 슬픔에 숨을 거두어버린 남편의 애닯은 사연도 귀를 기울이게 한다. 그 암자 뒤로 돌아가게 되면 바로 섬진 강을 끼고 도는 구례, 곡성 들판이 한눈에 펼쳐진다. 구례는 내 고향 곡성과 바로 이웃이라는 이야기이다. 조용하고 너른 들판이 한눈에 펼쳐진다. 바로 그 논들을 가르듯이 굽이굽이 흘러가는 섬진강도 시야에 가깝게 들어온다. 이 섬진강은 높은 봉우리 사이로 조그마한 들판을 끼고 묵묵히 흘러가고 있다. 건물보다 부도가 더 유명한 사찰 지리산 피아골 계곡을 못 미쳐 가다 보면 절 '연곡사'가 나온다. 울타리가 없이 아주 세속적인 절 이기도 하다. 혼자서 답답한 마음을 풀어놓고 한나절 그렇게 혼자 앉아 멍을 때리면 제격일 것 같다. 연곡사는 신라 진흥왕 4년(543)에 화엄사를 세운 연기조사가 창건한 사찰이라 전해지고 있으나 확실치는 않다. 유적으로 미루어보아 신라 말에서 고려 초기에 지어진 것으로 보인다. 연곡사는 사찰보다 부도가 더 유명한 절이다. 연곡사의 유례는 찾아보기 힘든 부도들의 축제를 고이 간직하고 있어 지리산 옛 절집의 마지막 보루라 할만하다. 법당 뒤편으로 20m 떨어져 있는 산 언덕에 동부도(국보 제53호)는 완벽한 형태미와 섬세한 조각 장식의 아름다움으로 '부도 중의 꽃'이라는 찬사를 받기에 너무도 충분하다. 네모꼴인 지대석 위에 8각 2단이 아래 받침대들을 얹었는데, 구름 속의 용과 사자가 장식되어 있기도 하다. 소요 대사 부도라고 불리우는 서부도는 경내에서 서북쪽으로 약 100m 떨어진 산비탈에 위치하고 있다. 다른 2개의 부도에 비해 형태와 꾸밈은 아름답지 못하나 위아래 각 부분이 비례가 안정되며 기품이 있다.

잊지 못할
10.19 여순사건

다신 이땅에 이런 비극 없어야 한다.

구례 지역에 들어서니 만감이 교차한다. 역사상 일어나서는 안 될 일들! 너무도 무서운 역사적 사건이 바로 내 고장 내 이웃에서 일어났기 때문이다. 필자가 태어날 무렵의 일이라 잘 알 수 없었던 '여순사건'이 떠올랐다. 당시 진압군들의 반란군 색출이 바로 이곳에서 일어났기 때문이다. 필자가 태어날 때쯤인 1948년 우리 남한에서는 단독선거에 반대하는 제주 4.3사건이 먼저 일어났다, 그 후 신생 대한민국 정부는 제주도를 적성지역으로 규정하고, 10월 17일에 이른바 중산간 지역의 초토화 작전에 들어갔다. 그러면서 지리적으로 가까운 여수에 주둔하고 있던 국방경비대 제14연대를 제주도에 파견하려 하였으나 이들은 정부의 즉파 명령을 거부하려고 10월 19일 반란을 일으켜 전라남도 동부 6개 군을 점거하기 시작했다. 정부는 서둘러 진압군을 파견하여 일주일여 만에 모든 지역의 상황을 정리하였으나 그 과정에서 대규모의 민간인 학살이 발생하고 말았다. 이를 여수. 순천 사건이라고 한다. 이 사건을 계기로 정부에서는 국가보안법을 제정하고 강력한 숙군 조치를 단행하였다. 이 사건은 군이 자국 정부에 대항해서 반란을 일으킨 사건인 만큼, 한국군의 집단적 특성을 이해할 필요가 있다. 경찰의 경우 미군이 한반도에 주둔하자마자 식민지 경찰기구를 군정 통치에 적극 활용한 반면에 한국군의 경우는 정부 수립 전까지 주권국가가 아닌 상황에서, 미국 점령군이 타국의 군을 창설할 수가 없었다. 그런데 국방경비대라는 이름으로 기구가 창설되었다. 해방 이후에 지역 단위로 모집된 국방경비대는 일본군, 관동군, 학병 출신, 중국군, 광복군 출신 등 다양한 배경을 가진 사람들이 모였고, 자연히 식민지 시기부터 중앙집중적인 조직을 구축한 경찰보다 내부적으로 동질성이나 응집력이 떨어지게 되었다. 이처럼 군은 군정 당국에게 중앙집권적인 경찰 보다 활용도가 떨어졌을 뿐 아니라 대외적으로도 정규군이 아닌 경찰 예비조직으로 취급받았기 때문에 장비나 대우 면에서 경찰보다 낮은 취급을 받았다. 임무 역시 정규군으로 외부 침입을 방어하기보다는 국내 치안 유지에 주로 투입되었다. 그래서 탈영도 많았다. 이후 정부 수립을 전후하여 본격적인 군인으로 재평가하는 과정에서 다시한번 급격한 병력 팽창이 이루어졌다. 이 과정에서 좌익활동 경력자들이 군 내부로 유입될 수가 있었다. 현장에서 할당받은 정원을 채우기 위해 급급한 상황에서 반(反) 이승만 운동을 해온 청년들이 신변의 안전을 위해 입대하는 경우도 있었다. 서로 다른 정체성을 가진 두 무장 집단 사이의 갈등은 정부가 수립되기 전부터 이미 심각한 수준이었다. 1947년 도 48년 사이에는 군. 경. 사이의 충돌이 극심해져 전남 동부지역인 순천, 영암, 구례 등에서는 '영암 사건'등 총격전까지 벌어졌다. 경찰은 군을 무시하며'경찰 보조 인력, 사상적으로 불순, 향토적 오합지졸'이라고 헐뜯었고, 군은 군대로 경찰이 '친일 경력에도 불구하고 더 높은 대우를 받는 것'에 분노했다. 내무반에서 '지서를 습격하다 왔다'고 말하면 호응을 받았으며, 경찰에게 맞고 들어온 장병의 복수를 하러 출동할 정도였다. 이런 상황에서 정부가 수립된 직후에 군대 내에서는 한창 내부 남로당 계열 혹은 김구 계열을 포함한 반 이승만 세력을 걸러내는 숙군(肅軍)작업이 진행되고 있었다. 여순사건을 촉발한 여수 주둔 14연대 역시 혁명의용군 사건으로 연대장 오동기 소령이 구속된 상황이었고, 내부에서는 좌익 경력이 있는 장병들은 극도로 신변의 위협을 느끼고 있었다. 또한 모집 과정이 지역적으로 이루어졌기 때문에 14연대 역시 대부분 여수를 비롯한 인근 전남지역 출신 장병들로 구성되어 있었다. 이들에게 제주도는 1946년 별도의 도로 승격이 된 이후에도 여전히 전남권으로 간주 되었고, 동향 사람들을 초토화시키는 작전에 대한 거부감이 심할 수밖에 없었다. 드디어 48년 10월 19일, 여수 14연대 중 1개 대대가 제주 4.3 사건 진압을 위해 여수항에 집결했을 때, 남로당 소속 상사 지창수가 병기와 탄약을 장악하고 반대자 3명을 사살하며 부대를 장악했다. 이것이 바로 북한 측 주장처럼 박헌영의 남로당이 주동했으나 실패한 것인지, 아니면 이승만 주장처럼 김구가 공산주의자와 결탁한 것인지, 소련과 북한의 지령인지에 대해 논란이 있었다. 최근 학계에서는 대체로 남로당 중앙은 물론 지부와도 제대로 소통하지 않은 14연대만의 봉기였으나, 남로당이 사후 승인과 지원을 통해 참여했다고 평가하고 있다. 남로당이 조직 역량의 한계로 무장투쟁을 의도하지 않았던 시점일 뿐 아니라 초기에 남로당 측 장교들 역시 사살되었고, 봉기에 참여한 대부분의 병사들은 목적에 대해 충분히 인지하지 못했기 때문이다. 그리하여 10월 20일 새벽 1시경, 드디어 반란군이 여수 읍내로 진격할 당시에는 약 1,200명이 참여하였다. 그날 아침 여수를 장악한 후 순천으로 출발했을 때, 순천에 파견되어 있던 2개 중대가 반란에 합류했다. 이후 순천을 접수하기 위해 전투하는 중에 광주에서 지원 나온 4연대 2중대가 합류하여 인원은 최종 약, 2,000명에 이르렀다. 이들은 인민위원회 재결성, 이전의 '인민공화국,' 단독정부 반대, 토지개혁 및 친일파 처단 등을 기치로 내세웠다. 그러면서 21일에는 남원, 구례, 보성을 22일에는 고흥, 광양, 곡성 지역을 장악하고, 지역 내에서 친일파, 경찰, 우익인사를 처단했다. 지역마다 합류했는데도, 조직을 노출한다는 위험에도 불구하고, 반란이 어느 정도 대중 지지를 획득했다고 판단했기 때문이다. 정부측에서는 10월 21일부터 광주에 반란군 토벌 전투사령부를 설치하고, 미국 측 임시군사고문단과의 협력 아래 진압 작전에 돌입했었다. 다음날인 22일에는 여수 순천 지구에 계엄령을 선포하고 순천 탈환 작전을 펼쳤다. 특히 간도 특설대 출신 김백일, 백선엽 등이 강경 진압을 주장하며 총사령관 송호성을 배제했다. 이처럼 강경한 진압 작전 아래 반란군은 기존의 산개확대작전에서 입산하여 장기전을 모색하는 방향으로 전환하였다. 지휘관 역시 중위 김지회로 교체되었다. 23일 정부군은 순천을 점령했고, 여수 탈환 작전을 시작하였다. 우익청년단까지 총동원되어서 진행된 여순사건 진압은 정부 수립 이후 최초의 육해공합동작전으로 여겨졌다. 그리하여 27일 여수 초토화 작전이 시작되었으며, 도주한 반란군을 지리산까지 추적하였다. 이듬해 2월이 되어서야 계엄령이 해제되었으나, 남은 반란군은 한국전쟁 시기까지 지리산에서 유격대 활동을 이어갔다. 진압군은 지역을 점령하면 그동안 반란군 측에 가담했던 부역자(附逆者)를 색출하기 위해 주민들을 공터에 소집했다. 불온하거나 이탈하는 경우에는 곧바로 부역자로 간주했다. 그리고 현지 경찰이나 우익인사들을 시켜 부역자였던 사람을 지목하도록 했다. 지목당하면 법적인 절차 없이 즉석에서 처형되었기 때문에, 이 과정은 '손가락 총'이라고 불리었다. 이 과정에서 피해자의 외모, 허위고발, 허위투서, 과장된 소문, 자백 강요 등 자의적인 요소들이 다양하게 개입했다. 특히 여수에서 5연대 장교 김종원은 즉결참수로 악명이 높았다. 여수 만석리굴 부근에서는 1949년 1월 13일 종산 국민학교에서는 끌려온 125명이 '처형' 되기도 했다. 1949년 11월 전남도가 집계한 여순사건 인명 피해는 1만 1,231명이었다. 이처럼 인명 피해가 극심했음에도 유가족들은 빨갱이 가족이라는 낙인이 찍혔기 때문에 마음 놓고 애도하지도 못했고 시신도 마음대로 수습하지 못했다고 한다. 정부 측에서 여순사건이 '현지 좌익분자들의 계획적 음모'라고 주장했기 때문이었다. 4.19혁명으로 이승만 정부가 종결된 뒤에야 1960년 4대 국회에서 '양민학살 진상조사 특위'를 구성했지만, 곧이어 일어난 '5.16 군사혁명' 이후 박정희 정권에 의해 다시 탄압당했다. 이후 피해자와 유족들은 오히려 피해 사실을 숨기고 살아야 했다. 민주화 이후에도 2000년에야 관련 특별법이 제정된 4.3 사건과 달리 여순사건은 관련 특별법이 2001년부터 처음 발의된 후 20여 년이나 제정되지 못했다. 그러는 동안 피해자들은 2011년부터 당시 군사법원 재판에 대한 재심을 청구했고, 2020년에는 민간인 희생자 1인에 대한 재심에서 무죄가 선고되었

다. 이후 2021년 6월 '여수 순천 10.19 사건 진상규명 및 희생자 명예
회복에 관한 여순 사건 특별법'이 본회의를 통과하였다. 이 여순 사건
이후 대대적인 숙군(肅軍)이 진행되어 좌익 계열과 광복계열을 포함하
여 이승만 대통령에 반대하는 성향을 가진 군인들이 제거되었다. 그후
국가보안법은 1948년 9월에 발의된 내란 행위 특별조치법이 명칭을
바꾸어 통과한 것이다. 이후 이 법은 초헌법적인 효과를 발휘하면서
정치, 사회, 사상, 문화 등 다양한 부문에 걸쳐서 현재까지도 한국인들
의 자유로운 활동에 제약이 되는 요인이 되고 있다.

구례 석주관전투

　구례에서는 정유재란 때 극심한 전투가 있었다. 아주 치열했고 사상자도 엄청났던 전투가 지리산 구례에서 일어났다. 이 전투로 인하여 전라남도 구례의 성인 남자들의 80% 이상이 전멸했다고 한다. 석주관은 하동과 구례 사이에 있는 지점인데 서출 동류가 바로 섬진강이다. 전라도에서 시작하여 경상도 쪽으로 흘러가기 때문이다. 영호남을 배를 타고 왕래할 수 있도록 해준 강이 바로 섬진강이라는 점에서 섬진강은 참으로 독특한 강이다. 또한 섬진강은 양쪽에 지리산과 광양의 백운산을 끼고 있다. 그래서 그 두 개의 거대한 산자락 사이를 흐르고 있다. 임진년에 전라도를 공략하지 못했던 왜군은 정유재란 때 곡창지대인 전라도를 박살 내기 위해서 진격을 했다. 왜군이 지나가는 길은 함양에서 전주로 넘어가는 코스가 있고, 섬진강을 따라 하동에서 구례로 넘어와 남원으로 들어가는 코스가 있다. 하동에서 구례로 몇만 명의 대부대 병력이 넘어가려면 조그만 배로는 어렵고 육로를 거쳐서 가야만 했다. 화개장터를 지나서 구례 쪽으로 섬진강을 따라오다 보면 조그만 육로가 하나 있다. 지리산 쪽으로 붙은 조그만 산길이다. 지리산과 섬진강이 만나는 지점을 따라서 나 있는 조그만 길이다. 이 길을 따라서 경상도와 전라도의 보부상들이나 민초들이 왕래를 한 것이다.

석주관 전투의 힘

구례 쪽으로 들어오면 석주관이라는 관문이 있다. 석주관은 이름 그대로 돌로 된 큰 기둥이 있는 관문이다. 옛날부터 산길에는 자연적으로 큰 바위가 양쪽에 있어서 관문처럼 보이는 지점들이 있다. 이런 돌기둥이 있는 지점을 적들은 특별히 주목하였던 것이다. 이쪽 세계와 저쪽 세계를 구분 지어주는 징표로 생각했기 때문이다. 한쪽은 지리산 자락이요, 또 다른 한쪽은 섬진강 물인데, 그 사이에 난 작은길이고 여기에 돌관문이 있다면 이곳은 유사시에 방어하기에 좋은 조건이 된다. 왜군이 별다른 장애물 없이 섬진강을 따라 구례 쪽으로 들어오다가 이 석주관에서 저항에 부딪혔다. 구례 군민들과 지리산권의 승병들이 목숨을 걸고 왜군의 진입을 저지 했던것이다. 이 전투는 1597년 10월부터 이듬해 봄까지 계속되었다. 일주일이나 열흘 하고 끝난 전투가 아니었다. 적어도 서너 달 동안이나 지속되었던 전투이다. 당시 일본군 병력이 적어도 1만 명은 훨씬 넘었을 터인데, 어떻게 정규군도 아니고 민간인들이 서너 달 동안이나 방어를 할 수 있었던 것일까? 당시 일본 정규군의 전투능력은 세계적 수준이라고 봐야 한다. 일본은 춘추 전국시대에 전국의 다이묘들끼리 백 년 넘게 치고받으며 전쟁 기술자 수준으로 전투력이 향상되어 있던 군대였기 때문이다.

방아치 전투

방아치 전투는 동학 농민 혁명 당시 남원지역에서 일어난 최대 규모의 전투였다. 남원 동학 농민군을 이끌던 김개남은 2차 기포 때 주력군이 경상도 지역까지 기세를 넓혀나가면서 운봉의 명을 이끌고 북상한 상황에서 남원에 잔류한 동학 농민군과 운봉 민보군을 이끌던 박봉양 사이에 치러진 격전이다. 방아치 전투 이전인 1894년 10월 14일부터 남원 동학 농민군과 운봉 민보군 사이에 전투가 전개된 것이다. 10월 24일에는 박봉양이 이끄는 민보군이 남원성을 향해 진격한다는 소식에 10월 27일 후퇴하기도 하였다고 한다. 남원성을 재점령한 동학 농민군이 경상도 지역까지 기세를 넓혀나가면서 운봉의 민보군을 치기 위해 1894년 11월 14일 대규모 공격을 준비하였다고 한다. 이때 구례 동학 농민군을 이끌던 임정연은 남원 동학 농민군에 합류하기 위해 구례군 광의면 연파리에 집결한 것이다. 그러나 방어치 전투는 치열한 전투 끝에 농민군의 패배로 돌아가고 말았다. 이 소식을 들은 임정연은 산동면 위안리를 거쳐 다름재를 오르다가 구례로 후퇴하게 된 것이다. 이후 구례 동학 농민군은 1894년 12월 3일 구례 유생 이기가 주도

한 수성군의 공세에 밀려 와해 되고 말았다. 구례를 지나며 자연이 아름답고 곡창지대라 많은 전투를 치른 고장임을 알게 되었는데, 구례는 지리산자락을 끼고 돌며 많은 문화재를 보유하고 있는 지역이며 곳곳에 정원과 고택이 어우러져 있어 계절별로 아름다운 색채를 달리하는 전통식 정원을 품은 고택이 많다. 이곳 구례는 향촌에 은거하며 양택에 서실을 두고 학문을 했던 선비들의 삶을 실천한 선조들의 정신을 계승하는 데 힘쓰고 있는 고장이다. 특히 '쌍산재'와 같은 옛 가옥은 문화재 가치를 지닌 구례의 힐링 코스가 되고 있다.

화엄사의 독경 소리

김숙자

눈감고도 너는 알리라
속 비운 채 풍경 소리로
살아가는 내 마음
너는 알리라

아픈 상흔 가슴에 지고
시린 하늘에 맞선 내 아버지
대웅전 휘도는 바람으로 살았노라

반 천년 쓰린 가슴 휘감은 강
쭉쭉 뻗은 대숲에 서 보면 알리라
여순 사건 무서운 한국 전쟁사

그 모진 학살
아버지 숨소리 배어
봄 피리로 울고 싶소

그대 인연을 사랑하라

213

구례 쌍산재에서
쉼을 갖다

쌍산재는 변함없는 큰 산처럼 사람 간, 형제간의 관계를 의미하며 벼슬을 탐하지 않고, 늘 글 보기만을 즐겨 하셨던 쌍산의 개인 서재이다. 너른 부지 안에는 크고 작은 19채의 한옥으로 구성되어 있었고, 정원 내에는 100여 종의 각종 수목초본이 어우러져 계절별 아름다운 색채를 달리하는 전통 정원을 품은 고택이다. 양택에 서재를 세워 학문과 선비다운 삶을 실천한 선조들의 정신이 이 고택에 잘 깃들어 있다. 우리 일행은 지리산 둘렛길 걷기를 끝으로 심신을 쉬어가기 위해 이 쌍산재에 들렀다.

지금은 카페처럼 누구나 들려서 쉬어가는 공간으로 탈바꿈된 것 같다. 더위가 아직 물러나지 않는 계절이어서 쌍산재 카페에서 내어주는 냉 매실차가 뭇 사람들의 입맛을 돋우어 주고 잠시 쉬어가는 코스로 각광을 받고 있다. 또 구례군 산동면에는 봄이면 마을마다 산수유 꽃으로부터 마을이 온통 노랗게 뒤덮인다. 백씨 집안의 5남매 중 둘째 백순례(애칭 부전)는 여순사건 부역 혐의로 경찰에 끌려갔다. 아들 둘을

(큰 오빠 백남수 일제 징용 이후 사망, 둘째 오빠 백남승은 여순 사건으로 처형) 잃은 어머니 고선옥(1987년 사망)은 순례에게 당부하기를 집안의 대를 이어야 한다며 셋째 오빠(백남국, 여순사건 고문 후유증으로 사망) 대신 딸인 순례가 잡혀가도록 하였다. 대신 죽음을 선택하여 셋째 오빠를 살려낸 열아홉 처녀 순례는 끌려가면서 죽음을 앞두고 이 노래를 불렀다고 한다. 이유도 모른 채 오빠 대신 끌려가서 처형 당한 열아홉 살 처녀의 피 울음을 담은 노래 '산동 애가(山洞愛歌)'를 한번 다 함께 되뇌어보자.

청노루의 꿈

김숙자

짙푸른 지리산 바람
거침없이 들이마시고
서슬 퍼런 유배의 길
통한의 세월 자락 불러내어
염천 댓바람에 맡겨본다

갈기갈기 피멍 들어
찢겨나간 오장육부
날 선 칼바람에
몇 번이나 요절했을 고

짓무를 대로 짓무르고
헹구어 낼대로 행궈냈어도
더욱더 시퍼렇게 우러나온
통한에 빛바랜 울분이여

왜 일찌감치
치욕스러운 그 녹관
벗어던지지 못했을까

집착과 연민에 동조되어버린
넌 눈빛 파아란 지리산 청노루다

산동애가

백순례

잘 있거라 산동아, 너를 두고 나는 간다.
열아홉 꽃봉오리 피워보지 못하고
까마귀 우는 곳을 병든 다리 절어 절어
다리 머리 들어오는 원한의 넋이 되어
노고단 골짝에서 이름 없이 스러졌네.

살기 좋은 산동마을 인정도 좋아
열아홉 꽃봉오리 피워보지 못하고
까마귀 우는 곳에 나는 간다
노고단 화엄사 종소리야
너만은 너만은 영원토록 울어다오.

잘 있거라 산동아 산을 안고 나는 간다
산수유 꽃잎마다 설운 정을 맺어놓고
회오리 찬바람에 부모 효성 다 못하고
갈길 마다 눈물지며 꽃처럼 떨어져서
노고단 골짝에서 이름 없이 스러졌네.

제20장

영성의 향기 피어오르는 피아골의 시간

나를 찾는
피정의 시간

입추가 지나자 그토록 무덥던 극 더위도 한풀 수그러드는듯 하다. 아침저녁으로는 제법 소슬바람이 부는가 싶더니 지리산 언저리는 약간 붉은색으로 물들어가고 있다. 올해는 엄청난 폭우와 산사태를 내며 산청과 지리산 산하 곳곳은 상처로 가득했다. 꼭 전쟁 뒤의 폐허 된 강토를 보는 듯 싶다. 주말이면 지리산을 찾던 나로서는 올해도 어김 없이 찾아와준 가을이 고맙기만 하다. 청량한 하늘도 좋고, 귓불을 만지작거리는 바람의 손자국도 감미롭다. 작년처럼 후두둑 후두둑 쏟아 져 내린 알밤을 주워 입으로 껍질을 벗겨 오도독 오도독 깨물어 먹는 맛도 일품이다. 또 산사에 들려 가슴속부터 꼬리뼈까지 시리게 만든 물 한 사발 들이키는 것도 쏠쏠한 재미다. 이처럼 지리산 피아골은 구 례군 토지면에 위치해 있는 유서 깊은 계곡이자 국립공원을 둘러싼 탐 방코스이기도 하다. 지리산의 제2봉이라 할 수 있는 반야봉의 중턱에 서 발원하는 맑고 풍부한 물이 임걸령과 불무창 등이 밀림지대를 누비 며 피아골 삼거리와 그 옆의 연곡사를 지나 필자의 고향인 섬진강으로 빠져나가는 곳이다. 그리고 가을엔 역시 단풍을 보는 재미가 더 쏠쏠하다. 피아골 단풍은 지리산 절경으로 손꼽힌다. 생각 같아선 주말에만 산을 찾지 않고 이곳 내 고향에 상주하면서 지리산을 걷고 싶지만 그래도 주말이면 부담 없이 내려와 지리산과 함께 할 수 있었다는 것만으로도 복에 겨운 일이다. 그런데 어찌 지리산뿐이었으랴. 엎어지면 코 닿을 듯한 내 고향 곡성 섬진강도 있고, 바닷바람이 생각나면 한 시간도 채 걸리지 않는 거리에 남해 바다가 펼쳐있으니 더 이상의 욕심만 부리지 않는다면 그야말로 산수 절경을 다 누린 셈이다. 그리고 이곳 피아골 단풍은 '지리산 8경' 중의 하나이다. 삼홍(三紅)이라고 일컫는 피아골 단풍은 산이 붉게 물들어 산홍(山紅)이요, 물빛에 비친 붉은 빛이 아름다워 수홍(水紅)이고, 피아골에 들어선 사람조차 단풍에 취하니 인홍(人紅)이라 하여 이 모두를 합쳐 삼홍이라고 한다. 가장 단풍이 아름다운 곳은 표고막 터에서 삼홍소 사이 1km 구간 정도를 말하는데, 이곳의 절경이야말로 정말 말이 필요 없을 정도이다. 지리산에서 피아골의 단풍이 다른 곳보다 절절히 아름다운 것은 모두 그만한 이유가 있기 때문이다. 의병장 고광순(1848~1907)을 먼저 알아 볼 필요가 있다. 연곡사 입구에 들어서면 고광순 의병장의 죽음과 일제 만행에 대해 짤막하게 소개 해 놓은 걸 먼저 볼 수가 있다. 그냥 흘려넘길 수만은 없는 사건이다. 지리산 피아골에서 죽음을 맞이한 고광순 의병장! 피아골의 단풍에만 취하지 말고 연곡사 동백숲 속에 자리한 그의 순절비에 새겨진 글귀도 한 번 되새겨봐야 할 것이다. "의를 보고 몸을 버림은 종기에 침놓은 것 같고, 이익 따라 몸을 달림은 도둑과 같다."라는 이 말을 가슴 속에 항시 품고 있었던 고광순 의병장은 1895년 을 미사변과 1905년 '을사보호 조약' 직후 의병을 일으켜 1907년에 의병 장으로 추대되었다. 전북 남원, 전남 화순 등에서 일본군과 싸워 혁혁 한 전과를 세운 것으로 알려져 있으나 결국 피아골 연곡사에서 일본군 에 의해 포위되어 전사하고 만다. '불원복' 세 글자를 새긴 태극기를 앞세우고 '蓄銳之計'를 세워 일제에 대해 결사 항전을 다짐했던 그의 꿈은 연곡사와 함께 불태워지고 말았다. 우연히도 그가 전사한 것은 단풍이 절정에 달했던 10월이었다. 그때 피아골의 붉디붉은 단풍을 바 라보며 그와 30인의 의병들은 일본군의 총탄에 선혈을 쏟아내야만 했 다. 비통함에 무너지는 몸을 다시 일으켜 세우려 했음이리라.

지금도 빨치산의 피가 흐르고 의병들의 피로 물들었던 피아골은 해방 후 이데올로기의 대립으로 다시 피바람이 몰아쳤다. 여순 사건과 한국전쟁의 와중에 많은 좌익 게릴라들이 지리산으로 숨어들었고, 1955년까지 국군의 빨치산 토벌 작전이 계속 되었었던 곳이다. 남한에 서 빨치산의 수가 가장 많았던 시기는 한국전쟁이 한창이었던 1952년 으로, 당시 6,000여 명이 넘는 빨치산이 남한각지에서 활동을 했다고 한다. 그중에서 지리산은 빨치산들의 가장 큰 활동 무대였고, 그만큼 후유증도 심했다고 한다. 토벌대와 빨치산의 전투로 인한 피해뿐만이 아니라 양민들이 좌우익 이데올로기의 제물이 되어 수많은 양민들이 학살되었다. 당시에 군경으로부터 죽음을 당한 인골들이 지금도 가끔 발견되고 있고, 당시 이야기를 우리 부모님에게서도 생생하게 들을 수 있었다. 해방이 되었어도 한국전쟁이 완전히 끝날 때까지 지리산은 피 로 얼룩이 졌었고, 피아골은 그 현대사의 한 페이지를 장식하기도 했 다. 군경과 빨치산을 포함하여 무려 2만여 명의 젊은 목숨들이 바로 피아골을 비롯한 지리산 기슭에서 숨진 것이다. 특히 피아골은 한국전쟁 직후 빨치산의 가장 큰 아지트로 토벌대와 빨치산 사이에 치열한 전투가 벌어진 곳이다. 어떤 이들은 이 피아골의 이름도 죽어간 아들의 피가 골짜기를 붉게 물들여 그 이름이 피아골로 붙여졌다고 하지만 실제 피아골의 이름은 옛날 이곳에 오곡 중 하나인 피를 많이 재배했던 피밭 골이 있었는데, 이것이 나중에 '피아골'로 바뀐 것이라고도 한다. 하지만 그 이름에는 피아(彼我) 구분 없이 처절하게 피흘리며 그렇게 죽어갔던 원혼들의 넋이 깃들어 있는 건 아닐까? 그리고 피아골의 단풍이 빨간 핏빛으로 너무나도 고운 것은 먼 옛적부터 그 골짜기에서 수없이 죽어간 사람들의 원혼이 그렇게 핏빛으로 붉게 피어나는 것이라고 이 비극의 현장을 그렇게 말하고 있다. 꼭 그곳의 단풍만이 아니라 신록이나 녹음 또한 눈부신 데다 여름날 차디찬 계류가 좋아 피아골은 지금도 숱한 산악인들을 불러들이고 있다. 피아골은 지리산 봉우리인 반야봉 기슭과 노고단 기슭에서 발원한 물이 치달려 내려가 질마재에서 만나 큰 계곡을 이루는 이 골짜기는 임걸령에서 연곡사에 이르는 서늘한 계류와 깊고 푸른 숲이 조용하며 서로 어우러져 최절정을 이루는 정말 아름다운 계곡이기도 하다. 지리산 10경 중의 하나인 피아골 단풍은 아직도 눈에 선하다. 지리산 주능선에서 피아골 삼거리로 접어들면 평탄한 능선이 끝나고 내리막길로 접어든다. 이 능선은 평탄한 능선이 아니고 가파른 능선이 피아골대피소까지 이어진다. 피아골의 이름은 어디에서 유래 되었는지 참 궁금하다. 단풍이 너무도 붉게 어우러져 마치 피 밭을 연상하게 하여 피아골이라는 이름이 지어졌다고도 하는 데, 실은 피 밭을 이르는 말이라고 한다. 지리산자락 척박한 곳에서 사는 이 마을 사람들은 피밭(기장)을 일구며 살았다고 한다. 그 곳이 피밭골이다. 그런데 점차 이 말이 피아골로 변이되었다고 한다. 그런데, 피 밭이라는 말이 전혀 낯설지 않은 것이 한국전쟁 때, 빨치산과 토벌대의 전투가 치열해 피아골에서의 사상자의 피가 온통 골짜기를 피로 물들여서 피아골이 되었다는 설도 무시할 순 없다. 모두가 이 땅의 모질고 슬픈 이야기이다. 피아골은 지리산 노고단과 삼도봉 사이의 산 주름이다. 돼지령에서 왕시리봉으로 흘러내리는 산줄기와 삼도봉에서 불무장 등 그리고 통곡봉으로 이어지는 산줄기가 피아골을 이루고 있는 것이다. 이 피아골의 아름다움이란 언제나 맑은 물이 흘러내리고, 지리산의 아름다움과 그 깊은 계곡과 숲의 어우러짐이 과히 일색이다. 단풍은 먼눈으로 보는 것이 제일이지만 계곡과 단풍의 미는 온몸으로 느끼지 않으면 알 수가 없다. 피아골 계곡을 따라 내려가다 보면 물과 단풍이 온몸에 새겨질 정도이다. 그런데 피아골은 그 이름만 들어도 섬찟하다. 피아골은 임진왜란, 동학농민혁명 그리고 구한말 의병 전쟁 때 결전의 현장이었기 때문이다. 더구나 한국전쟁 직후는 빨치산의 아지트였기 때문에 토벌대 및 군경과 치열한 접전이 수없이 벌어진 곳이다. 그때 죽어간 사람들의 피가 골짜기마다 붉게 물들었기에 피아골이라고 이름 붙여졌다고 한다. 그들의 넋이 나무마다 스며들어 지금도 피아골의 단풍은 정말 슬프리만큼 아름답고 또한 피처럼 붉다. 지리산 둘레길 걷기도 이제 끝자락에 이르렀다. 우리 일행은 심신도 좀 쉬어갈 겸 피아골에 있는 피아골 피정 센터에 미리 등록을 해놓았다. 여름은 이곳이 성수기라 자리가 없어 9월 18~19일 1박 2일의 천주교 피정 활동이 피아골 피정 센터에서 개최되기에 주저없이 신청해 두었었다. 다음 해 여름에 이곳 피아골에 오려면 봄부터 일찍 피정 계획을 세우고 와야 할 것 같다. 그만큼 자연과 계곡물이 시원하기 때문에 여름엔 문전성시를 이룬다. 그러나 올여름처럼 이상기온으로 몸살을 앓았던 우리 국토가 어디인들 시원한 곳이 있었을까? 그러나 우리 루베회 일행은 다행히 지리산 근처에서 이곳 피아골의 매력과 절경과 계곡의 아름다움을 오롯이 알기 때문에 마지막 심신을 쉬어가는 여정을 피아골로 잡았다. 다행히도 극 더위는 한풀 꺾이고 아침저녁으로 조금은 소슬바람이 일면서 그날은 가을을 재촉하는 가을비마저 내려 지리산 피아골은 그야말로 적요한 가을이 내려앉았다. 큰일을 하고 나서 이제 마무리를 하는 마음으로 심신이 아주 편안했다. 구례에 도착하여 부부식당에서 다슬기 수제비로 점심을 정말 맛깔나게 먹고 싶었다. 요즈음 맛집이라면 긴 줄을 서서 번호표를 타고 먹어야 할 정도로 진풍경이 이곳 구례에서도 벌어졌다. 우리가 받은 번호표가 38번이라니 부를 때까지는 그 주변에서 죽치고 앉아 기다려야 했다. 한참을 기다리니 우리 번호를 불러 식당 안으로 들어갔더니 벌써 동생 내외는 이 식당을 자주 오갔기 때문에 기다린 보람이 있을 것이라 했다. 과연 이곳에서 잡아 온 다슬기가 진짜인지 가짜인지는 논할 필요조차 없었다. 어떻든 맛만 있으면 되는 것이었다. 역시나 기대는 실망을 가져오지 않았다. 진미집이라 할 만큼 음식도 깨끗했고 다슬기 수제비도 역시 제격이었다. 필자는 민물에서 나는 고기들은 좋아하지 않는다. 민물 특유의 그 비릿함이 싫기 때문이다. 그런데 모두가 다 시원하다고 감탄을 하는 거 보면 다슬기탕은 모두가 좋아하는가 보다. 나는 다슬기의 진수를 잘 알진 못해도 수제비의 부드러운 식감에 다슬기의 시원함이 잘 어우러져 그런대로 점심은 만점이었다. 이곳의 풍미는 제대로 맛본 셈이다. 우리는 곧바로 피아골 피정의 집 4시 입실을 염두에 두고 서둘러 피아골로 향하였다.

　　멀리 서울에서 온 대형 버스도 한 대 멎어있고 삼삼오오 피정을 신청한 교우들이 모여들었다. 전국 방방곡곡에서 모여든 천주교 형제자매들이 짝을 지어 정말 전망 좋은 이 피정의 집에 방을 배정받고 모두들 편안하고 행복한 모습들이었다. 모두가 다 낯선 사람들이었지만 한마음이 되어 이곳에 모여있음인지 진짜 친 형제자매처럼 정다워 보였다. 모두가 자연에 매료되고 깨끗한 산야에 발을 붙이고 신부님의 좋은 말씀에 감동되니 피정은 마음에서부터 우러나오는 우리들의 가장 아름다운 자정의 시간이 되었다. 1박 2일의 지리산이 품어주는 정기를 받고 맛있는 시골 밥상을 받으니 정말 뭔가 풀리지 않은 매듭들이 자신으로부터 다 풀어져 나가는 순리와 감사로 넘쳐났다. 뜰에는 가을 코스모스 대신 온 마당 앞을 노오랗게 물들였던 멜란포디움이 우리를 더욱 편안함으로 물들여주었다. 또 대단한 사실은 그 예쁜 꽃 속에서 환한 미소로 우리를 반겨 맞아주시는 파티마의 성모님이 더욱 인상 깊었다. 필자가 몸담고 있는 성모 신심 레지오 단체명도 '파티마의 모후'여서 너무 반가웠다. 몇 년 전 스페인과 포르투칼로 성지순례를 갔을 때 파티마 대성당에서 만났던 똑같은 파티마 성모님을 이곳 피아골에서 만나서 더 감동이었다. 이 파티마 성모님께서는 세 명의 어린 목동들에게 발현하시어 기도와 묵주 기도 그리고 죄인들의 회개, 성직자의 기도 등을 당부하셨던 일들이 뇌리를 스쳐 간다. 우리 루베회 일행도 모두 심신을 내려놓고 나를 찾으며 이곳에서 편안히 욕심을 내려

놓는 좋은 시간이었다. 신부님의 강론 중에서 내 안에 빛을 찾는 일이
참 중요하고, 신은 왜 우리에게 침묵하고 계시는가? 하는 강론 대목에
서 묵상과 침묵의 기도 속에서 큰 울림을 받았다. 우리 루베회 일행은
1박 2일 동안 가장 좋은 지리산 자연의 품속에서 뿌듯한 행복감을 안
고 진정한 나를 찾으며 쉼을 가졌던 아주 값지고 편안한 피정의 시간
이 되었다.

피아골의 새벽

김숙자

새벽 비가 쏟아진다
깊은 산사에
오케스트라가 연주된다

토닥토닥
후두둑 후두둑

세찬 비바람에
진양조(로) 휘몰아친다

연곡사 독경 소리
고즈넉이 울려 퍼지는
성당 새벽 기도 소리

화답하듯
계곡으로 알밤도 쏟아진다

빗소리
산천이 춤추는 소리
내 손에 쥐어진 묵주의 기도

피아골의 새벽은
지휘자도 없이
관악대를 몰고 온다

제21장

사랑을 잘 먹으면 평생 행복이 부르다

아름다운
내 고향 곡성

유구한 역사 속에 충절과 효심이 살아 숨 쉬는 필자의 고향 곡성은 아름다운 자연 속의 가족 마을이다. 山紫水明한 자연을 보호하고, 조상 대대로 이어온 숭고한 얼과 전통문화유산을 계승 발전시켜 살기 좋은 고장을 만들어가고 있는 마을이다.

내 고향 곡성은 전라남도 동북부에 위치하여 면적 547.46 평방 킬로미터로 섬진강 상류인 순자강을 경계로 하여 전북 특별자치도의 남원시와 순창군에 인접하고 있으며, 동쪽은 구례군, 남쪽은 순천시와 화순군, 서쪽은 담양군과 접하고 있으며, 전 영역에 걸쳐 기복이 심한 산봉우리이며 평야는 비록 협소하나 북부의 옥과면과 동부의 섬진강, 대황강 유역은 평야로서 언덕이 상연하여 비옥하고 관수가 매우 양호하다.

곡성군의 중앙부에 위치한 산맥은 남부에 있는 보성강 이남의 산맥과 동부에 위치하는 섬진강 이동의 산맥이 각기 그 계통을 달리하고 있으며, 순창. 담양 군계를 횡단한 산악은 여러 지맥을 이루어 일부는 북으로 달리어 학산 형제봉에서 동악산이 이어져 옥과 방면과 군계를 이루고 있다. 보성강과 남쪽의 여러 산은 포개어 있어 목사동, 죽곡을 거쳐, 양남 일대의 산맥은 용두산에서 연결되어 있다. 그리고 우리나라의 9대 강 중 하나이며 전라남도 3대 강의 하나인 섬진강은 전북 진안군 백운면과 장수군 장수읍의 경계인 팔공산에서 발원하여 임실, 순창, 남원, 등지의 여러 지류와 합세 남하하여 우리 곡성군 북방에 다다른다. 본 강은 섬진강 본류인 순자강을 이루며 우리 군 강 유역에 많은 기름진 평야를 적시어 주고 있다. 또한 보성에서 발원하여 승주를 거쳐 우리군 남쪽에서 서에서 동으로 흐르는 보성강이 있다. 섬진강 상류인 순자강과 보성강은 압록에서 합하여 동으로 굽이 흘러 구례의 천두진을 이루고 있다. 그리고 내 고향 곡성은 기차마을이 있어 섬진강과 보성강을 내려다보며 기차와 레일바이크를 탈 수 있고, 농산물로는 사과와 메론이 당도가 높아 인기가 있고, 섬진강이 있어 곡성 쌀 막걸리가 유명하며, 자연환경이 좋아 장미공원, 도림사 계곡 등 특히 아름다운 곳이 많다.

그러나 한국전쟁 당시 지리산 인근에서 일어난 전투의 영향을 안 받을 수가 없는 지역이다. 실제 곡성에서도 전투가 있어 오랜 세월 동안 빨치산들의 활동이 활발해 많은 양민들이 피해를 입기도 하였다.

곡성전투

곡성은 필자가 태어나고 자란 나의 고향이다. 누구든지 자기가 태어난 고향은 절로 자랑이 터져 나오지만, 나의 고향은 지리산의 아름다운 품속에서 자타가 공인하는 산수가 아름다운 천혜의 자연을 갖춘 고장이다. 예로부터 섬진강을 끼고 수려한 지리산에 둘러싸여 있는 평화롭고 아름답던 내 고향 곡성을 노래하지 않은 이가 없을 정도이다. 그런데 한국전쟁 당시에 빨치산들의 패략질로 곡성에서 극심한 전투가 벌어지기도 했다. 그때 필자의 나이는 세 살이었고, 내 바로 아래 남동생은 6.25 둥이로 그때 태어났다, 필자는 세 살이었지만 전쟁의 공포나 공비들의 위협은 아무것도 생각나지 않는다. 다만 엄마, 아빠의 무용담으로만 전해 들었을 뿐 그 처절한 시절의 치열한 고생은 아무것도 생각나지 않는다. 다만 태어난 탯자리는 바로 섬진강 옆 동네 신기리 584번지이다. 우리 할아버지께서는 이 지역의 대부호였지만 전쟁은 피해갈 수 없었다. 극심한 공비들의 침략과 곡성 전투를 몸소 겪어낸 전란의 현장이기도 했다. 신기리에는 전라북도로 이어지는 큰 철교가 있어 밤낮으로 철교 부수는 공포 소리가 끊이지 않았다고 한다. 어렴풋이 어머니께서도 어린 삼 남매와 큰 집에서 전쟁의 공포를 누구보다 체험하신 장본인이시다. 정말 몸서리쳐지는 '토굴 이야기'와 밤이면, 섬진강 철교 부수는 폭격 소리, 무서운 호주기의 심장 떨리는 소리 등을 수없이 들으며 겁에 질렸다고 회고하셨다. 필자는 나이가 어려 그 참상은 하나도 기억에 없다. 그러나 후일담으로 아버지에게서 곡성 전투에 대해서는 희미하게나마 들었을뿐이다. 곡성 전투는 역시 지리산에 주둔해 있었던 무장공비들의 두목인 이현상이 직접 지휘한 전투로 곡성경찰서 경찰관들과 곡성군민들이 무려 20여 시간 동안 이현상 부대의 공격에 맞섰던 피비린내 나는 전투였다. 당시 경찰 지휘관이었던 구서칠 곡성 경찰서장은 경감 계급이었으며, 대한민국 경찰 중에서 최연소 경찰서장이기도 했다. 구서칠 서장은 15년간 경찰에 봉직하였으며, 서남지구 연대장이기도 했고, 전투경찰대장 등 주로 공비 토벌에 많은 공을 세우기도 한 분이다. 공비 토벌 중 폐, 복부 대퇴부에 관통상을 입고 4곳에 총상을 입기도 했으며, 은성무공훈장, 녹조 소성 훈장 등 기장 23회, 전공 금메달 2회, 전공 표창 82회, 전공 감사장 67회 등의 훈장과 포상을 받은 분이다. 구서칠 서장은 28세에 총경에 진급하여 경찰 사상 최연소 총경 진급자라고 알려졌다. 곡성 전투 당시에는 구서칠 서장의 나이는 31세였다고 한다. 아마도 경감 계급이었던 점을 감안 한다면 잘못된 정보는 아닌 듯 싶다. 그 당시에는 경정 계급이 없었기 때문에 경감 계급의 경찰 서장이 많았던 때이다. 그가 곡성에 부임한 것은 1950년 11월이었다. 곡성이라는 지역은 지리산과 전남 화순의 백아산을 잇는 요충지였기 때문에 두 산에서 활동하고 있는 무장공비들이 반드시 손에 넣어야 하는 아주 중요한 곳이었다. 그런데, 당시 김일성에 의해 권력 싸움에서 밀리는 박헌영은 세력 과시를 하기 위해 지리산 무장공비들의 총수인 이현상에게 김일성이 놀랄 만한 대규모 작전을 실시하라는 훈령을 내렸었고, 때마침 이현상은 지리산과 백아산을 연결하는 거대한 해방구를 조성하기 위해 곡성을 공격할 계획을 세웠다. 한편 구서칠 서장은 공비들의 기습을 예감하고, 매시간을 유. 무선 통신 상태를 점검하고 또 점검하였다. 곡성경찰서의 통신망은 광주 도경, 지리산 지구 전투경찰 사령부, 인접 경찰서, 이하 모든 지서들과 잘 연결되어 있었다. 곡성 경찰서 관활에는 오곡, 석곡, 삼기, 죽곡, 목사동, 고달, 옥과, 입면, 오산, 곡성등 11개나 되는 지서가 있었으므로 각 지서들과 원활한 통신을 유지하는 것은 매우 중요한 일이었다. 1951년 9월 30일 드디어, 이현상은 직접 곡성 공격에 나섰다. 마침 삼기면 통명산에서 나무를 하던 주민이 공비들을 발견하여 경찰에 신고했고, 구서칠 서장은 전투준비를 하라는 명령과 함께 곡성 군내의 반공 인사들과 공무원 가족 등 200명을 경찰서로 피난하도록 조치를 먼저 했다. 이현상은 휘하 공비 1,200명 중 600명을 이끌고 곡성 공격에 투입하도록 했고, 나머지 600명은 200명씩 나누어 인접군인 구례군과 남원, 광주를 연결하는 도로를 차단하게 하였다. 이것은 외부에서 지원군이 오는 것을 막기 위함이었다. 그 이후 600명의 공비가 곡성을 순식간에 기습하자 곡성읍은 금세 아수라장이 되어버렸다. 구서칠 서장도 공비의 기습을 예상했지만 그 규모는 예상을 뛰어넘는 것이었다. 곡성경찰서 병력은 각 지서 병력까지 합친다 해도 200명 미만이었다. 그러나 공비들의 주요 타켓은 당연히 정사복 경찰관과 그 가족이었다. 공비들의 급습을 미처 알아차리지 못한 일부 경찰관들은 총격전을 벌이며 분전했지만 결국 순직하고 말았다. 공비들은 마을 사람들 중에 누가 경찰인지 알지 못했으나 곡성 지방의 토착 빨갱이들은 누가 경찰인지, 경찰 가족들이 어디 살고 있는지를 잘 알고 있었기 때문에 공비들은 토착 빨갱이들을 앞세우고, 낙오된 경찰관들을 찾아다녔다. 총격전을 벌이다가 적의 탄에 맞아 순직한 경찰관은 그나마 운이 좋은 편이었다. 공비들은 생포된 경찰관들을 절대 살려두지 않았고, 철저하게 단검으로 학살을 했다. 그것도 너무나 무자비하게 귀와 코를 차례로 도려내며 온갖 고통을 준 다음에 학살하는 잔인한 방법으로 살인을 저질렀다. 곡성 읍내에서 날뛰는 지리산 무장공비들은 흔히 남부군이라고 불리는 놈들과 토착 빨갱이들은 마치 피에 굶주린 늑대 그 이상도 이하도 아니었다. 한편, 공비들은 가게와 개인 주택에 침입하여, 먹을 것과 생필품 등을 닥치는 대로 다 약탈하였다. 이것이 바로 그들이 말하는 소위 '보급 투쟁'이었다. 곡성읍을 실컷 휘젓고 다닌 공비들은 마지막으로 남은 곡성경찰서로 밀어닥쳤다. 곡성경찰서는 시멘트 방벽을 설치하여 작은 요새처럼 되어있었다. 시멘트 방벽은 높이 6 미터에 둘레가 300 미터로 총탄을 막아낼 만큼 튼튼했다. 그러나 곡성경찰서는 완전 고립 되었으나 다행히 통신은 유지가 잘 되고 있었다. 구 서장은 광주 도경과 지리산 지구 전투경찰 사령부에 급박한 상황을 무전으로 보고했다. 곡성경찰서 병력만 가지고서는 그 공비들을 물리칠 수 없는 것은 너무도 자명한 일이었다. 그렇다면 지원 병력이 올 때까지 버티는 것이 문제였다. 곡성경찰서의 무장은 너무나도 보잘것 없었다. 구 서장은 카빈소총을 들고 있었지만, 나머지는 38식 소총이 대부분이었다. 중기관총 1정과, 박격포 1문, 그리고 포탄이

한 상자 있었을 뿐이었다. 수류탄은 한사람당 2발씩 분배하였는데, 한 발은 공비들이 담을 넘어올 때 투척하도록 했고, 나머지 한 발은 자폭 용으로 남겨 두도록 당부했다. 곡성경찰서를 완전히 포위한 공비들은 박격포를 쏘아대며 공격을 퍼부었다. 공비들은 8발의 박격포탄을 경찰 서 안으로 날렸으나 그중 7발은 불발이었다. 그나마 터진 한 발도 사 람이 없는 곳에서 터져서 별다른 인명 피해가 없었다. 공비들은 맹렬 한 공격에 실패하자 그들도 초조해졌다. 그들은 9월 30일이 지나기 전 에 경찰서를 함락시킬 것이라고 생각했지만, 10월 1일 새벽이 되어서 도 함락을 시키지 못했다. 그러나 시간이 흐를수록 불리한 것은 공비 들보다 경찰 쪽이었다. 실탄이 바닥나기 시작한 것이었다. 지원군은 오지 않고, 실탄은 바닥나고, 경찰관들은 경찰서에 피신시킨 양민들 모두와 속이 바짝바짝 타들어가고 있었다. 실탄이 거의 바닥날 즈음 구서장은 각자 수류탄 한 발씩 들고 자폭 돌격을 하기로 마음먹었다. 그는 광주 도경에 서장 이하 전원이 옥쇄한다는 마지막 전문을 광주 도경에 보냈다. 자폭 돌격을 준비하던 그 순간에 너무도 반가운 지원 병력이 도착하였다. 공비들을 배후에서 공격해 들어왔다. 지리산 지구 전투사령부 병력이었다. 지리산 전투경찰 사령관인 신상묵 경무관은 직접 병력을 인솔하고, 곡성으로 진격해 들어왔다. 도중에 곡성 외곽 에서 매복한 공비들의 총격을 받았으나 전투 경찰부대는 공비들의 저 항을 맹렬히 물리치고, 곡성으로 쳐들어왔다. 곡성경찰서를 구원한 신 상묵 경무관은 민주통합당 신기남 의원의 부친이며, 일제강점기 헌병 으로 근무하면서 한국인들을 괴롭힌 친일파로 알려져 있었다. 아슬아 슬한 지원군의 도착으로 20시간에 가까운 사투를 벌이던 곡성경찰서는 큰 위기를 넘긴 셈이었다. 구서칠 서장은 곧바로 휘하 병력을 인솔하고, 지원군과 함께 공비 토벌에 나섰다. 그 토벌 작전은 10월 2일까지 계속되었으며, 그 결과 506명의 공비를 사살하고, 31명을 생포하는 등 이현상 부대에 막대한 피해를 입혔다. 그러나 곡성 전투 작전 중 불행하게도 24명의 경찰관이 전사하였다. 그중 필자와 아주 친한 이름도 같은 고향 친구 M의 아버지께서도 곡성 전투로 유명을 달리하시고 말았다. 그래서 그 친구는 늘 군경 유가족이라는 무거운 이름표로 불리우는 꼬리표에 늘 기가 죽었다. 곡성 전투의 영웅 구서칠 서장은 총경으로 경찰 생활을 마무리하였으며, 그 후 서예가로서 왕성한 활동을 하다가 2004년 별세하셨다. 이렇게 무서운 곡성 전투를 치루고 난 남부군 병력들은 곧바로 지리산 근거지로 건너갈 수가 없었다. 그래서 군과 경찰들도 남부군이 지리산으로 건너가리라 짐작을 하고, 대부대를 집결시켜 섬진강 루트를 차단시켰다. 거기에다가 전투에 부상한 대원들을 대피시켜 치료하는 일도 시급했기 때문이다.

곡성 태안사 작전(1950년 7월 24일~8월 6일)

곡성의 태안사는 곡성군 죽곡면에 있는 '적인탑사탑'이 있는 사찰이다.

1950년 7월 17일, 완도 경찰서장으로 재직 중에 있던 한정일 경감은 전남 경찰국에 의해 곡성 경찰서장으로 인사 명령이 내려졌다. 그는 곧바로 전투복으로 환복한 후 곡성경찰서로 부임을 하였다. 그리고는 간부들을 소집해 이제 막 부임한 지 얼마 안 되어 곡성을 사수하겠다는 의지를 보여주게 된다. 한정일 경감은 그 당시 간부들 앞에서 아래와 같은 말을 언급하여 '곡성 사수'에 대한 확고함을 보여주었다. 이후 희망자만 선발하여 유격대를 편성하여 경찰서 내의 물자들을 적재하여 모두 태안사로 이동을 하였다. 한정일 경감은 이미 곡성 경찰서 인원과 무기 탄약 등 모든 것이 부족하다는 것을 잘 알고 있었기에 이러한 상황을 고려하여 유격전을 계획하고 있었다. 그래서 곡성경찰서의 기능을 태안사로 이전 하였으며, 경찰서 병력들로 5개 중대로 편성한 '곡성 경찰 유격대'를 조직하였다. 한편 북괴군 6사단 1연대는 전북 남원을 점령한 후 도계를 넘어 전남 구례까지 진출을 하였다. 1950년 7월 28일 21시, 곡성 경찰 유격대 소속 매복조는 압록교 주변 일대에서 매복하고, 있던 중 북괴군 6사단을 지원하는 603 모터사이클 연대의 일부 병력들을 발견하여 본부에 이 상황을 전달하게 된다. 이에 한정일 경감은 주요 간부들을 비롯한 70여 명을 인솔하여 압록교로 이동해 구체적으로 북괴군들의 움직임을 파악한 후 공격 명령을 하달함으로서 1950년 7월 29일 00:30분에 압록교에서 기습을 전개하여 북괴군 52명, 사살에 3명을 포로로 잡고, 총기 70여 점을 노획하는 전과를 올리게 되었다. 그러나 이 기습 공격 이후 '곡성 경찰 유격대'는 점차 탄약과 식량 등이 고갈되어 가고 있었으며, 보급 지원조차 안 되는 상황이 되었다. 또한 북괴군들은 압록교에서 기습을 당한 것에 대한 보복 공격을 준비하고 있었다. 결국, 1950년 8월 6일에는 북괴군들이 죽곡면에 있는 태안사 일대에 대해 포위망을 형성한 후 곡성 경찰 유격대에 대한 기습 공격을 가해 왔다. 경찰 대원들은 태안사를 중심으로 끝까지 항전하였으나 중과부적으로 인해 각자 흩어진 채로 철수를 할 수밖에 없었다. 이때. 한정일 경감 또한 포위망에서 겨우 벗어났다. 결국 북괴군들의 태안사 기습으로 인하여 경찰관 48명이 전사하는 패배를 당하게 되었다. 참고로 한정일 경감은 태안사 기습이 있기 전에 '전남 비상 경비사령부'에 아래와 같은 전문의 타전을 보냈다. 곡성을 중심으로 각 군의 적 부대가 태안사를 목표로 집결중에 있고, 탄약 등의 보급 물자를 약속대로 속히 공수해 주기 바라며, 만일 보급이 안될 시 본 부대는 태안사에서 끝까지 항쟁하다가 옥쇄할 것이며 더 이상 나쁜 상황을 가정할 수 없을 만큼 이곳 사정은 심각하며 이것이 마지막 전문입니다. 국립경찰의 건투를 기원하며 대한민국 만세! 라는 전문을 보냈다.

이처럼 곡성 태안사 전투는 6.25 전쟁 초기 대표적인 경찰 승전 기록이며 대한민국 역사에 길이 남을 위대한 교전이었다. 곡성 전투경찰대의 '태안사 전투'는 전남 경찰청의 위대한 전투로 기억되고 있다. 태안사 경찰충혼탑에서는 6.25 전쟁 당시 장렬히 전사한 경찰 대원들의 넋을 추모하기 위해 매년 태안사 희생경찰관 위령제를 지내고 있다. 1950년 7월 23일 6.25 전쟁이 발발한 후 북한군이 광주를 점령하고, 뒤이어 목포, 보성, 여수 방면으로 향했었다. 그다음 날인 24일 당시 한정일 곡성경찰서장은 경찰관과 의용대원 등 520명으로 '곡성 전투경찰대'를 편성했었다. '싸워보지도 않고 곡성 일대를 버릴 수는 없다.'는 게 그의 각오였다. 그리고 곡성 태안사에 지휘 본부를 설치했다. 한 서장은 28일 북한군이 섬진강 압록교 일대에서 야영 중이라는 정보를 입수하고, 인근에 매복조를 배치했다. 29일 낮 12시 30분께 북한군이 마침내 나타나자 한 서장은 즉각 공격 명령을 내렸다. 섬진강 압록교 일대에 화력을 집중했다. 그리하여 북한군 52명을 사살하고, 3명을 생포했다. 그리고 트럭 4대를 포함하여 장비 70여 점을 빼앗았고, 북한군을 퇴각시키는 등 완벽한 작전을 하였다. 그러나 경찰은 단 1명의 희생자만 나왔던 혁혁한 압록교 전투는 당시 신문 호외를 통해 널리 알려졌다. 큰 피해를 입은 북한군이 당하고만 있을 리 만무했다. 8월 6일 오전 8시 북한군의 기습이 시작되어 당시 곡성 전투경찰의 주둔지인 태안사가 사방으로 포위되었다. 경찰 48명이 전사하고 250여 명이 부상을 당했다고 한다. 이러한 경찰관들의 치열한 전투와 숭고한 희생을 기억하기 위해 태안사에 경찰충혼탑과 '경찰 승전탑'이 건립되었다. 전남 경찰청에서는 매년 8월 6일을 전후해서 태안사 경찰충혼탑에서 장렬히 산화하신 전몰경찰관들의 넋을 위로하기 위해 위령제를 태안사에서 갖는다. 내 친구 s의 아버지께서 잠들어 계신 충혼탑에서 잠시 묵념으로 추모 기도를 올리기도 했다. 세월이 많이 흘러 당시 전투에 참전했던 경찰관들 중 생존한 이는 거의 없었다고 한다. 정말 유가족들과 참전 동지 회원들은 자주 태안사를 찾아 애도를 하고 있는 실정이다. 아무것도 모르는 내 친구는 어릴 때부터 군경 유가족이라는 말만 들어도 늘 슬프고 눈물이 난다고 소회를 밝혔었다. 정말 6.25 전쟁이 가져다준 어마어마한 상처이자 평생의 한이라고 친구는 눈물 젖은 얼굴로 말하곤 한다. 그러던 우리가 이제 80 세월을 눈앞에 두고 있는 지금이지만 국가를 위해 헌신한 고인들에게 삼가 명복을 빌고 유가족들에게 깊은 위로와 애도의 뜻을 더 깊게 전해야 할 것 같다. 정말 나라가 위기에 처한 그때 고인들이 보여준 애국충정의 유훈을 받들어 국가와 국민을 위한 애국심을 더 단단하게 고취시켜야 되겠다. 정말 사랑하는 내 고장 곡성에서 일어난 '곡성 전투'와 '태안사 전투'에 대해서 자세히 알아보면서 몹시 가슴이 쓰리고 아프다. 필자는 지리산 둘레길을 걸으면서 늦게나마 대한민국의 뼈아픈 역사의 현실을 깊게 직시할 수 있었다. 그리고 지리산이라는 넓고 포근한 내 부모님 품처럼 날 든든하게 품어주고 안아주고 달래주는 내 고향 곡성에서까지도 피비린내 나는 대한민국의 전쟁의 바람이 시작한 시발점이자 중요한 종점이었다는 사실을 뒤늦게 깨달았다. 하기야 지리산이라는 산이 보통으로 멋진 산은 아니니까

내 어머니의
토굴 이야기

6. 25전쟁 이야기는 1945년 우리 대한민국이 해방되고 일제의 압박에서 벗어난 지 겨우 5년 만에 일어난 피비린내 나는 무서운 전쟁이었다. 그러니까 이제 필자의 나이가 우리나라 건국과 여순 사건, 6. 25전쟁의 틈바구니인 그쯤에서 태어났기 때문에 6.25 전쟁이라는 무시무시한 순간을 하나도 기억할 수는 없다. 그때 필자의 나이 세 살이었으니 겨우 말이나 배웠을지? 걸음 발이나 제 발로 걸었을 나이이다. 전혀 전쟁의 상흔이나 무섭고 두려운 생각은 미안하지만 아무것도 생각나지 않는다. 단지 나의 어머니께서 가장 어렵게 겪으셨을 환난이었기에 어머니께 그때의 실상을 조금씩 이야기로 들었을 뿐이다. 우리 어머니께서는 곡성군 곡성면 신기리(나룻몰)라는 동네에서 6살 난 큰딸과 세 살 된 둘째 딸, 그리고 6.25 둥이로 갓 태어난 아들 등 아이들 셋을 안고 그 무서운 전쟁통을 혼자 견디어내셨다고 한다. 아버지는 군청 공무원이었기에 밤에 퇴근도 못 하고 읍에서 방을 얻어놓고 숙식을 하며 집에 오시지도 못했다고 한다. 그런데 어머니는

아이 셋을 데리고 혼자서 그 무서운 전난을 홀로 견디셨다고 한다. 반란군들은 지리산에 숨어 있다가 밤이 되면 산에서 민가로 내려와 먹을 것, 입을 것, 쓸만한 물건들을 다 빼앗아 가고 그 무서운 환난을 혼자서 다 견디셨다고 생각하니 기가 막힌다. 시대적 고초이지만 그 노고와 무서움과 치 떨린 전쟁의 공포를 혼자 겪으셨을 걸 생각하니 괜시리 우리 어머니 인생이 너무 가엾게 느껴진다. 아버지께서는 군청공무원으로 계셨기 때문에 날이면 날마다 죽인다고 찾아다닌 인민군들 땜에 읍에서 집에도 오시지 못하고 하숙 생활을 하셨다고 들었다. 그리고 할아버지께서는 그 마을의 대부호였기 때문에 모든 적들의 관심의 대상이 되셨기 때문에 지금도 그 순간들이 어찌 지나갔는지 아직도 치가 떨릴 일이었다. 어머니께서는 그때를 그 전쟁에 철교 부수는 공포의 폭격 소리에 빨갱이에, 반란군에 모두 모두 몸서리가 쳐진다고 회고하셨다.

그래서 밤이면 일찍 애들 셋을 데리고 미리 파놓은 방공호로 들어가 숨소리 기침 소리 하나도 낼 수 없었고, 우리들이 무섭다고 징징 울면 입을 틀어막고, 밤이면 철교를 부숴대는 폭격기와 그걸 방어하는 오스트리아의 호주기의 굉음, 폭음 소리에 간이 다 녹아 없어졌을 것이라고 하셨다. 사실상 호주기는 이승만 대통령의 부인 프란체스카 여사의 본국이 오스트리아이다. 그래서 한국전쟁 때 오스트리아 전투기 호주기로 우리나라를 도우려고 F 86 비행기를 협조해주어 함께 싸웠다고 한다. 그래서 그 당시 민간인들과 참전 군인들 사이에서 자연스럽게 불리워진 이름이 호주기이다. 그런데 자세한 내막을 모르는 우리들은 그냥 미국 비행기인 줄로만 알고 있어서 호주인들은 섭섭해 했었다고 한다. 그러나 그 호주기는 오스트리아의 비행기가 맞다고 한다. 한국전쟁과 호주 공군의 참전이라는 책에서 나도 뒤늦게 알게 되었다. 한국전쟁 때 군대를 파견한 나라는 무려 16개국이나 되었고, 참전 군인들만도 194만 명이라고 하니 우리 한국전쟁이 얼마나 무시무시하고 큰 전쟁이었는지 이제야 알게 되었다. 이렇듯 큰 전쟁에 숨죽이고 가슴 떨었던 토굴 속 얘기를 하실 땐 눈물이 소리도 없이 흘러나오는 걸 여러 번 보았다. 지금은 두 분 부모님께서 다 하늘나라로 가시고 그때의 무서웠던 공포감은 아마도 잊으셨을는지? 뵙고 싶고 그리워서 소리 없는 눈물만 하염없이 흘러나오고 있다.

섬진강 사계

김숙자

눈감으면 사르르
칠보 빛으로 다가와
연연한 내 가슴 저미는
수채화 네 폭

봄이면 분홍빛 눈웃음
뻐꾸기 울음으로 다가와
동악의 품에 안겨
산자락 굽어보는 형제봉
지금도 내 어머니
속살 내음으로 살아 숨 쉬고

여름이면
매미 소리 어우러진
도림사 벚나무 오리 숲
발가벗은 요염한 반석들
하이얀 포말에 정강이 담그노라면
나도 잠시 신선이 된다

가을이면
지리산 능선 따라
흐드러진 꽃단풍
섬진강 푸른 강폭에 얼비치면
노을빛에 튀어 오른 은빛 은어
반가움에 몸을 털고

겨울이면
눈 쌓인 청계동에
투망 던져 빙어 잡으시던
아버지 쉰 목소리가
언 강변을 타고 돌아
금곡교 스치는 기적소리로 다가온다

제22장

인생이 어려울 때 제대로 간다

지리산 둘레길
마지막 구간을 걸으며

　지리산을 걸은 지 어언 3년이 지났다. 지리산 둘레길은 딱히 정해 놓은 순서나 구간이 없다. 그렇지만 처음 출발은 남원 방면에서 운봉까지를 걸었다. 그러나 다른 구간들은 가고 싶은 구간부터 발길을 돌려 자유스럽게 걸었다. 그리고 하루에 걸을 구간도 나누어 2일에 걷기도 하고 그야말로 체력의 안배를 하며 재미있게 걸은 것 같다. 첫 시작을 주천에서부터 남원시, 운봉, 함양, 산청, 하동, 구례, 곡성을 마지막으로 막을 내리고자 한다.

　오늘은 마지막으로 오미 방광 구간을 걸으려 한다. 총12. 3km 길인데 지리산 자락은 여전히 깊고 넉넉했다. 전남 구례군 토지면과 광의면을 잇는 길인데, 전에도 여러 번 다녀간 길이라 그날은 좀 편히 자동차를 이용했다.

　화엄사 인근도 다시한번 지나쳐보고, 그 주변에 있는 전통마을들과 숲길이 조화를 이루는 아주 아름다운 길이다. 여러 가지 과일나무엔 예쁜 열매가 맺혀 폭염 속에서도 묵묵히 가을을 기다리고 있었다.

잘 익은 벼들, 농 익어 벌어진 석류 등 길 위에 마음의 풍요로움이 가득했다. 오미 저수지 둑을 지나 산길로 접어들면 다시 도로가 나온다. 앞쪽으로 보이는 높은 산봉우리는 지리산의 노고단 봉우리로 짐작이 간다. 밤, 대추 과일나무들이 튼실하게 열매를 맺었다. 도선국사가 모래에 그림을 그려놓고 풍수지리를 설명했다고 해서 유래된 마을 이름 '모래 그림 마을'이라 쓰여있다. 돌담과 능소화 꽃이 어우러진 마을 풍경 사도리의 상사마을을 지나 다시 산길로 들어선다. 마을을 뒤로하고 차도를 건너서 오늘 마지막 마을 방광 마을을 돌아 나와 운조루 고택 방면으로 발길을 돌렸다.

구례 운조루 고택에서
쉼을 갖다

구례에서 운조루 고택을 찾아갔다. 운조루는 조선 중기 집으로 영조 52년(1776)에 삼수부사를 지낸 유이주가 지었다고 한다. 풍수지리 설에 의하면 이곳은 산과 연못으로 둘러싸여 '금환락지(金環落地)'라 하는 명당자리로 불리어온 곳이다. 집의 구성을 보니 총 55칸의 목조 기와집으로 사랑채, 안채, 행랑채, 사당으로 구성되어 있었다. 사랑채는 지금도 누군가 살고있는 듯 온기가 서려 있다. 아마도 그 집안의 종부가 살고있는 것 같다. 사랑채는 T자형으로 누마루 형식을 취하고 있었다. 일반적으로 사랑채는 큰 부엌이 없는데, 이곳에는 안채 통로까지 겸한 큰 부엌이 마련되어 있었다. 또 사랑채와 직각을 이룬 누마루가 전체 살림을 한눈에 관찰하도록 되어 있어 너무 특이했다. 안채는 사랑채의 오른쪽에 있는 건물로 사랑채에 비해 규모가 매우 크며, 평면이 트인 미음자 형이었다. 중심 부분은 대청이며, 좌우로는 큰방과 작은 방이 자리잡고 있었다. 행랑채는 으자 형으로 2칸이 앞쪽으로 튀어나와 누 형식을 취하고 있었다. 1칸은 방이고 다른 한 칸은 다락으로 되어있다. 누각 아래 기둥 서쪽에는 안채로 들어가는 길이 있는데, 층계로 만들지 않고, 경사진 길로 만들어져 너무 특이했다. 사당은 안채, 동북쪽에 있는 건물로 따로 담장을 둘렀으며, 지붕은 옆면이 사람 인자 모양인 맞배지붕으로 되어있다. 운조루는 조선 시대 양반집의 전형적인 건축양식을 보여주고 있는 건물로 호남지방에는 보기 드문 예이다. 이곳에는 여러 가지 살림살이와 청주성의 지도, 그리고 상당산성 자연 휴양림과 지도 등의 유물도 상당수 보존되어있다.

구례 쌍산재에서
잠시 머물다

구례 쌍산재는 옛날 부잣집 한옥인데, 지금은 사는 사람이 없어 카페로 사용하고 있다. 이 카페는 윤스테이 때부터 가보고 싶었는데 오늘 둘레길 마지막 길을 끝내고 쉼을 갖으러 온 것이다. 여유롭게 한옥을 따라 산책하면서 차 한잔 즐기기 안성맞춤이다. 9월인데도 너무 더워 차를 냉 매실차로 시켰다. 지금은 입장료를 받지 않은 대신에 카페에서 차 한 잔을 마시며, 옛날 부자님 마님처럼 곱게 걸으며 쉬고 가면 되는 것이다. 살살 마당을 걸어가니 옛날 해주 오씨 가문의 서재가 나온다. 이 유서 깊은 고택을 후손들이 예쁘게 가꾸어 숙박과 관람을 할 수 있는 곳으로 꾸며놓았다. 윤 스테이를 기쁘게 보면서 왜 출연진들이 헉헉거리며 뛰어 다닌지를 이제야 알 수 있을 것 같다. 주방에서는 냉 매실차와 냉커피를 계속 만들어내고 있다. 우리 일행은 편하게 쉬고 싶어 안채의 마루에 올라앉아서 차를 마셨다. 지난 3년의 둘레길 걷기 시간이 주마등처럼 지나간다. 70이 넘은 형제들이 고향 생각이 날 적마다 찾고 싶었던 부모님 품속에 안겨 흠뻑 빠져있었던 시간이었다. 어릴 적 우리 남매가 살았던 집도 여기처럼 천석궁 정도의 부자들이 살았었던 집이라 더 특별하진 않았지만, 어머니와의 체취가 서려 있는 커다란 기와집의 모습에서 문득문득 부모님이 떠오른다. 오랫동안 아무 생각 없이 어린 시절 곡성에서 우리 부모님과 우리 오 남매 형제자매들이 살았던 정겨웠던 옛날 군수 관사 집에 머무르고 있는 편안한 느낌이었다. 세월이 참 많이 흘렀다는 생각이 들기도 하고 불현듯 부모님이 살아 계실 적 사랑에 어렸던 우리 집으로 자꾸만 오버랩되고 있다. 쌍산재에서 더 쉬고 싶었지만 엎드리면 코 닿을 데가 나의 친정 곡성이 있으니 당연히 마지막 발길을 돌린 곳은 둘레길의 마지막 종착지 내 고향 곡성으로 발길을 돌렸다. 정말 이 나이에 둘레길을 걸을 수 있었다는 데 행복했고, 그토록 그리웠던 고향 부모님 품을 매주 찾아와 그리움의 회포를 다 풀었다는 것이 이번 지리산 둘레길의 선물이었다. 우리 루베회 동생 루도비코, 올케 스텔라 남편 베네딕도, 필자 율리아나 수고 많았어요. 주님 은총 많이 많이 받으세요.

나룻몰의 오후

김숙자

푸른 치맛자락 풀어놓고
속살로 유유히 흐르는 섬진강
그 강기슭 철교 아래서
설렌 기적 소리에 꿈이 크고
사랑을 알았던 나룻몰
그 작은 공골 구멍 사이로
넓은 강 끌어안으며
투망 던져 풍류 낚으시던 아버지

금잔디 마당 가에
윷놀이 소리 드높아가는
나룻몰 584번지
선친의 나이를 다 먹고
홀연히 찾아와도
어릿광대 받아주는 사랑의 모태

다갈색 목기에 못 못 담아주던
큰엄마 소담한 부꾸미처럼
보고픔이 부푸는 오후
앞마당 늘어진 모과나무에
그리움만 주렁주렁 매달려 있다

그리움으로 시작한 민족의 명산, 지리산 순례

필자는 평소에 운동을 썩 좋아하지 않는다. 그래서 건강을 위한 기본 운동인 헬스 수영은 꿈도 못 꾼다. 오로지 좋아하는 것이라곤 나를 속박하지 않는 명상이 뒤따르는 자유로운 걷기운동 정도를 누구보다 좋아한다.

그래서 늦은 나이에 꿈에도 그려왔던 내 첫 번째 버킷리스트 산티아고도 과감하게 다녀와『침묵의 그 길에서 나를 찾다』라는 여행 수필집을 집필했고, 영성 생활에 도움이 되는 '이냐시오 성인'의 숨결을 찾아 스페인 일대와 포르투칼 및 이탈리아로 그분의 발자취를 따라 성지순례를 다녀와『성작을 닮아가는 거룩한 시간』도 집필했다. 나의 일생일대에 이렇게 행복하고 감격스러웠던 때가 몇 번이나 있었을까? 물론 젊은 시절 교직에 몸담으며 누구보다 행복하고 성실하게 근무했던 점등도 나에게 큰 감명과 감격에 휩싸이게 했지만. 많은 시간을 그분과 함께 도보 순례를 하면서 나의 영성의 키가 조금은 커진 것도 사실이다. 그리고 세 번째 도전한 '지리산 둘레길 걷기'도 주말을 이용했기 때문에 3년여 만에 이제 끝자락을 보여준다.

지리산은 정말 명산이다. 지리산은 전북 남원시, 전남 구례군, 곡성군, 경남 산청군, 하동군, 함양군에 걸쳐있는 거대한 산이다. '어리석은 사람이 머물면 지혜로운 사람으로 달라진다.' 하여 지리산으로 불리웠고. 멀리 백두대간에서 흘러왔다 하여 두류산(頭流山)이라고도 하며, 옛 삼신산의 하나인 방장산(方丈山)으로도 알려지고 있다. 지리산은 필자가 태어나 자란 곳이다. 그리고 지리산은 남한 내륙의 최고봉인 천왕봉(1,916.77m)이 주봉이다. 천왕봉과 함께 서쪽의 노고단(1,507m)과 반야봉(1,751m)등 3봉을 중심으로 해발 1,500m 이상의 큰 봉만도 십지(十指)를 보유한, 동서 100여 리의 거대한 산악군을 형성하고 있다. 구룡계곡, 뱀사골, 백무동계곡, 칠선계곡, 유평계곡, 중산리계곡, 거림골. 화개골, 피아골, 화엄사 골, 등 10km 이상의 계곡이 무려 10여 개나 되고, 구룡폭포, 가내소 폭포, 칠선폭포, 불일폭포 등 명소를 이루고 있다. 천왕봉에서 노고단에 이르는 주능선을 중심으로 해서 큰 강이 흘러내린다. 북부와 동부의 하천은 낙동강 지류인 남강이고, 남부와 서부의 하천은 섬진강이다. 이들 강으로 서시천, 연곡천, 화개천, 횡천강, 덕천강, 만수천, 람천 등의 하천이 흘러들고 있으며 아름다운 경치와 맑은 물이 흘러내려 '12 동천'을 이루고 있다. 그러므로 강산 조화와 더불어 절경을 이루고 있는 곳이다. 지리산의 산세는 유순하나 지역의 둘레가 800여 리에 달하는 거대한 산이다. 지형은 융기작용 및 침식삭박에 의해 산지 정상부는 둥근 모양의 험준한 산세를 나타내고, 산간분지와 평탄한 고원 분지가 형성되어 있다. 이 산에서 발원한 낙동강과 섬진강 지류들의 침식작용으로 계곡은 깊은 협곡으로 되어있다. 그래서 이들 계곡이 교통로로 이용되고 있으며, 산지의 주변에는 동쪽에 산청이 있고, 남쪽에 하동이 있으며, 서쪽에 구례와 곡성이 있고, 북쪽에 남원과 함양 등 골골이 너비에 따라 도시와 마을이 발달하고 있어 원산(圓狀)을 이루고 있다. 지리산은 오악(五嶽) 중 남악(南嶽)에 해당 되어 나라에서 제사를 지내며, 국가와 백성의 행복을 빌어왔다. 이 중환은 이 산을 조선의 12대 성산중의 하나로 꼽았고, 서산대사 휴정은 "웅장하나 수려함은 떨어진다."라고 표현하였다. 그러나 민족의 성산으로서 지리산의 위치는 연면히 이어져 내려와 오늘날까지도 변함이 없다. 영남과 호남의 양 지방에 걸쳐서 그 경계를 이루고 있다는 위치적 특성과 산세가 웅장하면서도 험하지 않다는 지형적 특징 때문에 역사상 특이한 역할을 수행하기도 하였다. 특히 지리산권은 임진왜란을 겪은 뒤, 병화와 흉년이 없는 피란 보신의 땅을 찾는 정감록 신앙이 지리산을 찾게 한다. 이러한 정감록 관념은 한 말에 이르러 농민운동에 실패한 동학 교도들이 유입되어 흘러들어왔고, 이들 일부가 신흥종교를 개창하기도 했다. 오늘날은 계곡 도처에 흩어져 있는 사찰과 산신당 이외에도 이러한 민족종교의 전통을 이어받은 산간마을이 일부 흩어졌는데. 이 중 가장 대표적인 것이 갱정유도 신자들로 구성된 하동 청암면 묵계리의 도인촌일 것이다. 그들은 묵계리를 전설상의 청학동이라 일컬으며, 댕기 머리와 상투와 바지, 저고리로 우리의 전통 문화관습을 유지하고 있다. 지리산은 이런 명산임에도 불구하고 현대사에서는 심한 좌익과 우익 격전으로 뼈아픈 상처를 남겼다. 1948년 10월 19일의 '여순 사건'에서 패퇴한 좌익 세력의 일부가 지리산으로 입산하였으며, 1950년 6.25 전쟁 때에도 북한군 패잔병 일부가 노고단과 반야봉 일대를 거점 지역으로 삼음으로써, 좌우익 간 격전지로 변하여 많은 양민학살과 촌락 방화, 산림 남벌 등의 깊은 상처를 남기게 되었다. 지리산은 주능선을 기준으로 그 남쪽 면을 겉지리라 하고 북사면을 속지리 또는 내지리라 하였다. 민간 신앙과 관계된 유적은 주로 속지리 쪽에 많고, 불교 신앙유적은 겉지리 쪽에 분포하고 있다. 우리나라의 31 본산(本山)의 하나이며. 10대 사찰 가운데 첫째인 화엄사를 비롯하여 천은사, 연곡사, 쌍계사, 법계사, 대원사, 내원사, 벽송사, 율곡사, 실상사 등 10여 개의 명찰이 있고, 국보. 보물. 천연기념물 등의 많은 문화재가 있어 곳곳마다 유적지이다. 지리산을 백두산이 흘러내린 산이라 하여 두류산이라 부르듯이 우리나라의 골격이 백두산으로부터 지리산에 이르는 산맥계가 춤추게 된다. 그런데 백두산의 지기를 끊어 놓기 위하여 창건한 사찰이 바로 실상사이다. 그리고 실상사 주지 스님께서 우리가 걷고 있는 지리산 둘레길을 만드는데 공헌을 하신 도법 스님이시다. 지리산은 태고의 신비를 간직한 산이며, 웅대한 사찰들과 유서 깊은 암자들, 국보와 보물 사적, 천연기념물들이 지리산의 정취를 한결 더 돋보이게 해주고 있다. 그러나 '지리산 둘레길 걷기'의 시작은 사실상 부모님의 그리움에서 시작되었다고 해도 과언이 아니다. 내 삶의 근간이 되어왔던 '지리산' 은 지금까지 절대 홀몸이 아니었다. 멀리 떨어져 있었어도 항시 그립고 보고 싶은 내 연인이었다. 아니, 부모님이 그리울 때나 내 삶이 슬프고 어려울 때 언제든 찾아와 울며 하소연을 하고 싶어 안기는 둥지요. 위안의 언덕이었다. 산청에서 눈이 부시게 화창한 날 가야의 구형왕릉을 만났을 때도 그 감격, 금관가야의 시조가 김수로왕인데 필자는 그의 71대 손이다. 가야의 10대 임금인 구형왕의 무덤이 이렇게 깊은 산청의 산속에 돌무덤으로 발견했을 때의 감격이 너무도 컸다. 구형왕은 김유신의 증조부이기도 하다. 그리고 우리가 민박을 하러 들어갔던 그 이장님댁이 바로 '빨치산 3중대' 집이었다니 지금도 빨치산 소리만 들어도 소름이 끼치는데, 그 가족들은 얼마나 몸살을 하며 그 동네에서 떠나지 않고 지금껏 살고 계실까? 우리나라 역사가 이 집의 울안에 다 모여있는 느낌이다. 모든 산천은 다 그대로인데 우리의 역사는 많이도 변했고, 전쟁이 할퀴고 간 지리산은 지금도 묵묵히 말이 없다. 전망대에서 바라본 산청의 모습도 더 깨끗하고 아름답다. 그리고 지리산에서 채취한 온갖 약재들의 보물창고 '동의보감촌'도 정말 유익한 곳이다. 또 가을이면 지리산 둘레길은 걷기로 축제 한마당이 된다. 지리산 3코스에서 구례 화엄사와 칠암자 길도 꼭 한번 걸어보기를 권유한다. 그리고 가장 높은 8백 고지에 서암정사와 벽송사 가는 길의 꽃단풍을 어찌 잊을 수 있으랴. 그리고 벽송사를 돌아 돌아 내려오는 길에서 낙엽이 춤을 추고 돌계단 사이로 흥건하게 떨어진 낙엽을 밟아보라. 천만금을 준대도 그 감격과 못 바꾸리라. 서암정사에는 원웅 스님이 6.25대 전사하신 원혼을 달래기 위해 만들었던 석굴도 신비하기 짝이 없는 기기묘묘한 부처님 형상들이 입구서부터 입이 떡 벌어진다. 그리고 5월 부처님 오시는 날 즈음 서암정사에는 황목련이 우리 눈길을 사로잡는다. 그 꽃은 신비의 꽃이며, '초록 하늘에 핀 아름다운 연꽃'이라 표현하면 대략 맞을 것 같다. 그런데 어쩌면 그렇게 '부처님 오시는 날' 즈음에 맞추어서 피는지 그것도 너무 불가사의한 일이다. 한 번 가서는 쉽게 보여주지 않는 황목련은 내 영혼까지 사로잡아버렸다. 그리고 지리산 둘레길 3구간은 인월 금계 구간인데 남원시 산내 마을과 산내면 상황마을과 함양군 마천면 마을을 잇는 옛 고갯길 둥구재를 반드시 넘어야 한다. 그러면서 1석 2조로 지리산 주능선을 오르지 않아도 그대로 고스란히 조망할 수가 있다. 지리산 중봉, 하봉, 천왕봉까지 오르지 않고도 다 조망할 수 있다.

또 인월, 남원, 운봉 주천 구간 지리산 장터의 모습, 땅과 사람살이의 종합세트 장항, 금계 구간, 다랭이 논, 삿갓배미 산마을 사람들에겐 큰 산이 미울지 몰라도 금계 동강 구간은 어찌 그리도 아름답던지? 그리고 가는 곳마다 지리산과 연계된 곳은 빨치산과의 교전이 치열했던 곳들이다. 마을에서 들었던 무용담으로 전쟁의 상처가 필자의 가슴을 더 아프게 했지만 역시 내 고향 지리산을 한 바퀴 돌며 느낀 그리움의 눈물이 나의 정체성을 여지없이 드러내 주었다. '지리산은 나를 낳고 나를 바르게 성장시켜준 그리움의 명산'이라는 말을 절대 거역할 수가 없다.

지리산 아리랑

김숙자

계곡마다 흘러넘친
청량한 웃음소리
피아노 반주 되어
콸콸콸 흘러넘치면

빛 푸른 구름 치마
산바람에 나불대며
신명 난 눈웃음으로
산허리 간지럽힌다

몸서리치며 달려 나온
그리운 어머니 눈물 한줌
처연한 자맥질로
가슴속에 용솟음치면

살랑살랑 뒷짐 지고
멋쩍게 뒤따라 나온
사연 많은 자락 바람

맨살 간지럽히며

입던 옷 첨벙 적신 채
칠선 계곡으로 날 유인한다

불타오른 추억 달래며
뜨겁게 여울져가는
황혼의 랩소디

노을 같은 그리움으로
가슴속에 파고들면

바윗돌에 걸터앉아
비파 타는 초록 바람
적요한 물소리와
감미롭게 협연을 요청한다

멍울진 산자락마다
핏빛으로 휩쓸고 갔을
빨치산들의 깊은 회한이여

너는 그대로

원한에 휩싸인
지리산 오케스트라다

피맺힌 절규 메아리 되어
엉키고 설킨 실타래 되어버린
곡진한 지리산 아리랑이다

청림 김숙자

chungrim7612@naver.com

* 한남대학교 대학원 교육학 박사
* 천안성남, 천안청룡초등학교 교장 역임
* 황조근정훈장 수훈
* '월간문학' 동시 신인상 수상
* '월간아동문학' 동시 신인상 수상
* '대전일보 신춘문예' 동시 당선
* 한국아동문학회 이사 및 운영위원
* 대전여성문학회 회장 역임
* 대전아동문학회 부회장 역임
* 한국아동문학연구회 충남 지회장
* 대전글마중문학회 창립 고문
* 대전가톨릭문학회 전 회장
* 대전문학상, 박경종 아동문학상
* 한·중 옹달샘 아동문학상, 대일문학상
* 제37회 한국아동문학 작가상
* 제2회 금남문학상 수상
* 제5회 백천 수필문학상 수상
* 한밭 아동문학상 수상
* 동시집: 모시울에 부는 바람 외 6권
* 시집: 비울수록 채워지는 향기 외 6권
* 수필집: 성작을 닮아가는 거룩한 시간
　　　　　　침묵의 그 길에서 나를 찾다
　　　　　　시련은 아무에게나 꽃이 되지 않는다
　　　　　　초록 고슴도치
　　　　　　내 영혼을 불사른 중남미 문명
　　　　　　지리산 아리랑
* 교육기관, 평생학습관 인문학 강의